坦赞铁路竹枝词

万大林 著

中国铁道出版社有限公司
CHINA RAILWAY PUBLISHING HOUSE CO., LTD.

图书在版编目（CIP）数据

坦赞铁路竹枝词 / 万大林著 . —北京：中国铁道出版社有限公司，
2019.8
ISBN 978-7-113-26019-4

Ⅰ．①坦… Ⅱ．①万… Ⅲ．①竹枝词－作品集－中国－当代
Ⅳ．① I227.8

中国版本图书馆 CIP 数据核字（2019）第 135003 号

书　　　名：坦赞铁路竹枝词

作　　　者：万大林

责任编辑：王晓罡　奚　源　　　　电　话：（010）51873343

装帧设计：闰江文化

责任印制：赵星辰

出版发行：中国铁道出版社有限公司（100054，北京市西城区右安门西街 8 号）

印　　　刷：中煤（北京）印务有限公司

版　　　次：2019 年 8 月第 1 版　2019 年 8 月第 1 次印刷

开　　　本：880 mm×1230 mm　1/32　印张：7.5　字数：150 千

书　　　号：ISBN 978-7-113-26019-4

定　　　价：38.00 元

谨以此诗集献给

坦赞铁路的决策者、组织者、施工者

2013 年 3 月 28 日，我把坦赞铁路 120 多首诗稿呈送给著名教育家、作家、诗人、中华诗词学会名誉会长刘征同志，请求指点帮助。刘老肯定选题独特，让我精选 30 首。他推荐其中的 4 首诗在《中华诗词》2013 年第 9 期上发表，嘱我多读名诗和诗话，提高诗词写作水平，同时鼓励我出小册子。这对我是极大的鼓舞。2017 年，他还热情地为我题写书名：坦赞铁路竹枝词。

感谢刘征同志为拙作题写书名：

龙飞凤舞贯乾坤，流畅笔锋淌墨痕。

字字细瞧枝叶变，远观风骨愈传神。

感谢中华诗词学会顾问、北京诗词学会原会长、竹枝词的积极倡导者和实践者段天顺，他认为本书的出版将在社会上引起强烈反响。

感谢北京诗词学会原副会长赵慧文对书稿进行了全面细致的审阅。

感谢北京诗词学会会长张桂兴、原国家经委外事局副局长傅丰圭为本书撰写了序言。

感谢《中非关系史上的丰碑——援建坦赞铁路亲历者的讲述》一书的各位作者，提供了丰富的创作素材。

万大林

2019 年 6 月

坦赞倾情唱竹枝

张桂兴

　　一次去北京东城区参加诗词活动，结识了万大林先生。交谈中得知他在铁道部第三勘测设计院做翻译时，曾参加援助坦桑尼亚至赞比亚铁路的建设。他说写了部分竹枝词，想通过竹枝词记述那段难忘的历程。转眼两年多过去了，他送来了 3000 行竹枝词作品，准备出版，请我作序。当时粗略翻看，字里行间充满了对坦赞铁路的那份自豪和情意。正如他写道"诗情发酵五十年"，几十年的情结挥之不去，不唱不快。我感到这是一部有史料价值的诗作，也就答应为此写几句感想。

　　竹枝词作为一种诗体，起源于古代的巴蜀之地，由民歌演变而来。刘禹锡那首"杨柳青青江水平，闻郎江上唱歌声。东边日出西边雨，道是无晴却有晴。"传遍大江南北。最初，竹枝词主要是在沿长江一带，如四川、江西、浙江、湖南、湖北等地传播，随着移民迁徙、商品交流广泛流传。如"豫楚滇黔粤陕川，山眠水宿动经年。总因地窄民贫甚，安土虽知不重迁"，是说江西地少人多，四处迁徙；"大姨嫁陕二姨苏，大嫂江西二嫂湖，戚友初逢问原籍，现无十世老成都"，成都一家人联姻四方，可谓五湖四海。真是"吾处土音听不得，一乡风俗最难齐"。山西、陕西人会经商，"放账三分利逼催，老西老陕气如雷。城乡字号盈千万，日见佗银向北回。"形象地描写了山、陕两省人南下经商和会经商的景象。以上这些竹枝词，都说明这一诗体是随着社会变革、经济发展、特别是人口流动而出现的文化现象。

到了明清时期，北京的竹枝词迅速发展。明代浙江宁波诗人张得中，在一首《北京水路歌》中写道："所经之处三十六，所历之程两月矣。共经水闸七十二，约程三千七百里。"可见，京杭大运河不仅载来了满船的稻米、丝绸、瓷器等商品，也载来了满船的竹枝词和江南文化。现在留存下来的清代竹枝词，如《都门纪变百咏》（复侬氏）等（见《清代北京竹枝词（十三种）》），数量之大、品类之多，真可谓五彩纷呈，琳琅满目。

至现当代，北京的竹枝词创作，不仅延续而且得到了很大发展。特别是近 30 年来，在北京诗词学会老会长段天顺先生的积极倡导和大力推动下，北京的竹枝词创作逐步繁荣。段先生不仅自己身体力行，创作了大量的竹枝词，还著文立说，授课普及。他关于竹枝词的论述，承古启今，对当代竹枝词作者产生了很大影响。他将竹枝词的特点概括为：语言流畅，通俗易懂；不拘格律，束缚较少；诗风明快，诙谐风趣；广为纪事，以诗存史。他最早的《燕水竹枝词选》专集面世于二十世纪八十年代。2016 年，他将全部诗文三卷本定名为《竹枝斋文存》。《中华诗词》选登他记述北平和平解放的竹枝词系列受到广大诗友的好评。在段先生的大力倡导下，北京诗词学会会刊《北京诗苑》开辟并一直坚持设立竹枝词专栏。学会召开了多次专题研讨会，编辑出版了涵盖全国各地诗人创作的当代竹枝词作品的《竹枝词新唱》，在诗词界产生了广泛的影响。中华诗词学会顾问、北京诗词学会名誉会长杨金亭先生在序言中说："这个专栏，佳作荟萃，影响日深。事实上已形成了一个具有全国范围的刊登竹枝词创作的中心园地，已基本上囊括了当下竹枝词的精品佳作。"之后又有洪雪仁、白钢二位作者的《北京生活竹枝词》出版，及《北京老字号竹枝词》《全聚德竹枝词》等出版，竹枝词已成为北京诗词学会的一个品牌。

北京诗词队伍中有一大批竹枝词爱好者，万大林先生就是其一。因此，当我看这本描写中国援建坦赞铁路的竹枝词集后十分高兴。这为竹枝词文库又增加了一个亮点。

亮点之一：中非友谊，大国情怀。先看几首竹枝词：

毛泽东主席会见尼雷尔总统：

> 高瞻远瞩览苍穹，力挺非洲众弟兄。
>
> 坦赞急需通铁路，无私援助志帮穷。

卡翁达总统称颂全天候朋友：

> 四处求援付水流，虚辞推诿早听够。
>
> 遍寻挚友来中国，友谊喜结全天候。

还有一首也是记述当时中国答应援建后情景的：

> 曾经奔走借西风，无奈徒劳终不成。
>
> 唯有东风春意暖，三国携手踏征程。

我们都知道，非洲的经济不够发达，尤其基础设施落后。他们急切地想改变面貌，也曾寄希望于西方发达国家，但都被直接或婉言拒绝。这时两国领导人试探请中国援助。当时，我国也并不富裕，至今也同属第三世界。当毛主席高瞻远瞩决定伸出援手时，非洲兄弟怎能不欣喜若狂，怎能不把中国人民当作朋友！也正是中国人民的无私援助，才赢得了非洲兄弟的信赖、友好和支持。记得在联合国讨论恢复中国在联合国合法席位时，坦桑尼亚驻联合国代表联络许多友好国家，力挺中国，终获通过。当时会场上那欢腾鼓舞的一幕令人难忘。时至今日，我国与非洲的经贸、人文往来越来越多，政治上的互信日益加深，相互支持、合作共赢上了一个新的台阶。不能不说这其中就有坦赞铁路筑下的根基。

亮点之二：筑路艰辛，责任担当。在非洲修建跨国铁路要穿越高山、沙漠、河流、沼泽……荒无人烟，没有住处，没有清洁水源，野兽出没，那是一个怎样的艰苦环境。从勘测制图，到开工有多少难题？万大林用他的亲身经历记录了一些片断：

沿途勘测几搬迁，选址常常依水源。

搭起帐篷一片绿，夕阳西下上炊烟。

我曾负责过河北省行政区划的勘界工作，走没人走过的路，爬没人爬过的山，确实辛苦。我写过这样一首诗：

> 一路勘测一路行，遇到水源搭帐篷。
>
> 一日三餐时不定，炊烟缕缕上星空。

两首诗惊人地相似。但那是京城周边，能想象到在非洲搞勘测修筑铁路不知比我们要艰苦多少倍。

> 吉普抛锚月色中，丢魂落魄悚神经。
>
> 兽群嚎叫不期至，忽暗忽明绿眼睛。

非洲有许多野生动物自然保护区，时常遇到野兽出没和侵袭自在情理之中。所以，有人晨起忽高叫，"鞋里有蛇！"话变声。本集收录的许多篇章是写筑路工人火热生活的。中国援建人员把流汗、流血，甚至牺牲，都置之度外。他们有责任、有担当，一心要把这条铁路修成最好的，为祖国争光。因此，他们在艰苦环境中，充满了自豪感和乐观主义精神。"施工全线正高峰，火热生活豪气腾。""如盘明月挂天空，深夜两营一梦通。"坦赞铁路的建设者营地有中国营地和坦赞营地之分，但做的是同一个梦——铁路贯通。

亮点之三：史料丰富，精心采撷。作者在坦赞铁路工作十二年，风雨沧桑，春秋冬夏，所见所闻为叙事记史提供了丰富的素材。从国家领导人决策到选调人员参建，从勘测选址到火热工地，从当地风情到建立友谊，从铁路通车到庆功晚宴，等等，在本诗集中都有记述。有一首是写开工典礼的：

铲车雁阵四十台，头雁领飞总统开。

绕场一周揭序幕，土方开战喜心怀。

试想那场景是多么壮观、激动人心。总统亲自爬上铲车，绕场一周为开工拉开序幕，可见这一条铁路在坦赞两国人民心中的分量，和国家领导人对此项工程的重视程度。当坦桑尼亚总统尼雷尔视察该项目时，看到我们的专家、工程技术人员就住在临时搭建的简易工棚时，他的眼睛湿润了。这个细节被万大林先生抓拍到了：

眼睛湿润动何情，自力更生简易棚。

感叹专家当宿舍，坦桑尼亚要传承。

是中国人自力更生艰苦奋斗的精神，是无私奉献的敬业精神，是中国人民对坦桑尼亚人的深情厚谊，感动了总统先生。诗人的眼睛是敏锐的，观察得细，抓拍得准。这种精心采撷是创作诗词不可缺少的。还有当铁路通车时，赞比亚的一块标语牌赞扬三国领导人，被诗人一一记述下来，为后人提供了难得的史料。也只有亲历者才能写出如此生动的文字。

亮点之四：语言清新，动之以情。竹枝词的一个重要特点就是通俗易懂、幽默风趣。如对非洲农业生产仍然比较落后的描写：

刀耕火种先烧荒，只见炭黑不见黄。

节令已临播种季，发芽自有雨帮忙。

尤其是结句"发芽自有雨帮忙"，流畅、自然，不见雕琢，且生动地反映了那里仍是靠天吃饭的现实。

坦赞铁路的首批中国勘测设计队伍胜利到达坦桑尼亚首都。大使馆在迎接他们的"耀华号"客轮上举行盛大招待会，大家激动的心情可想而知。不管认识的，不认识的，都成了亲近的朋友：

一杯饮品手中拿，微笑趋前把话拉。

老友相逢温旧事，新朋会意笑相答。

其乐融融的景象跃然纸上，那是友谊的话语，由衷的欢笑。

生动的语言，来自对生活的热爱、细致的观察和深切的感受。要感动别人，首先自己要被感动：

奉献青春十载多，只为坦赞跑火车。

回眸往事心潮起，点点滴滴都是歌。

前面提到过的这些情感，已在作者心中发酵酿造了五十年，所以呈献给读者的是一杯浓郁醇香的美酒。请读者慢慢品吧！

需要指出的一点是，部分文字需要进一步推敲打磨，在艺术表现手法上还有提高的空间。在直白与诗家语，俗与雅等方面，还需深酌。但这些都不足影响这本记事叙史为主的竹枝词集的价值：

十年坦赞付青春，目送长龙出岫云。

千首竹枝歌不尽，中非兄弟友情深。

2018 年 4 月

（序言作者为北京诗词学会会长，原北京市民政局副局长）

历史的回望

傅丰圭

作者以自己全过程参与坦赞铁路建设的经历为依托，参照有关资料作旁证，选取珍贵的历史瞬间，以优美的 3000 行竹枝词生动、细腻地打造了一幅具有史料价值的画卷。画卷徐徐展开，展现在我们面前是：20 世纪 50 年代风起云涌的非洲独立运动；坦、赞两国领导人为彻底摆脱殖民统治影响修建铁路的决心；尼雷尔总统蒙受屡遭白眼的羞辱，怀着惴惴不安的心情来京求助；毛泽东主席、周恩来总理的国际主义的胸怀、高瞻远瞩的思想境界；中国政府伸出援手：项目投资近 10 亿元人民币（30 年无息贷款），力争六年修建完成；非洲弟兄在联合国携起手来，为恢复中国在联合国的合法席位，与违抗历史潮流的反动势力展开了卓有成效的斗争，成功地把中华人民共和国"抬进"（毛主席语）了联合国；我援建人员在非洲的土地上战天斗地的峥嵘岁月；与坦、赞两国人民结成的友情，播下的友谊种子；坦、赞人民欢庆坦赞铁路建成载歌载舞的情景；60余名援建人员长眠在异国他乡；经历40余年风风雨雨的坦赞铁路的现状；开发旅游业的前景；风景如画的旅游景点；中国政府2011年免除原无息贷款总额的百分之五十的决定；中、坦、赞三国领导人亲自奠定的坚不可摧的友谊基石上所绽放出的鲜丽之花盛开在非洲大地上；随着"一带一路"倡议的不断推进，又新结出累累硕果。

这是一本进行国际主义教育的好教材，也是进行艰苦奋斗、为国担当教育的好教材。值得指出的是，其可读性很强。竹枝词所描绘的许多场景，或精彩纷呈，或引人入胜，或发人深省。当初大学毕业生奔赴非洲，为建设坦赞铁路战天斗地、历尽艰辛，为的是什么？60多名援外人员葬身异国他乡，为的是什么？

20世纪70年代为修建坦赞铁路奉献青春的我国数万男女青年是好样的！在中、坦、赞三国领导人的指引下，他们为中非人民的友谊建立了丰碑。他们的辉煌业绩为这三国的人民所牢记。

　　我坚信当今一代的年轻人定能从上一代年轻人的光辉榜样中受到激励，汲取力量，学习他们在坦赞铁路这一伟大工程中所展现出的不畏险阻、不计名利、勇往直前、敢于担当、不怕牺牲的精神。

　　我坚信当今一代的年轻人定能担当起历史的重任，为实现中华民族的"中国梦"，为推进习近平总书记所倡议具有世界意义的"一带一路"这一伟大壮举作出不可磨灭的贡献，留下自己的印记，成为下一代年轻人的楷模！

　　中国"一带一路"倡议受到了国际社会的广泛赞誉和欢迎。联合国第 71 届大会 2016 年 11 月 17 日通过决议。决议欢迎"一带一路"等经济合作倡议，敦促各方通过"一带一路"倡议等加强阿富汗及地区的经济发展，呼吁国际社会为"一带一路"倡议建设提供安全保障环境。

2018 年 4 月

　　（序言作者为原国家经委外事局副局长，译审）

目
录

001 / 序曲

007 / 签订坦赞铁路协定（1967 年 9 月 5 日）

027 / 坦赞铁路勘测设计（1968—1969 年）

101 / 坦赞铁路开工典礼

121 / 坦赞铁路施工大会战花絮

149 / 坦赞铁路交接仪式（1976 年 7 月 14 日）

157 / 坦赞铁路技术合作

159 / 坦赞铁路运营十周年庆典（1986 年 8 月 16 日）

167 / 感怀

177 / 坦赞两国政府和人民的赞誉

205 / "一带一路"展新图

序　曲

卷首敬酒歌

诗情发酵五十年，自酿醇浆多半坛。
古韵新声斟满盏，敬邀诸位品一番。

史迹畅游

坦赞铁路誉满球，两根钢轨卧非洲。
欲知梗概施工事，浏览本书似旅游。

竹枝词新唱

百花争艳沐春风，簇簇竹枝起草丛。
引种唐朝巴蜀地，讴歌当代亚非情。

放歌千行

丰碑高耸耀无双，浩大工程佳话长。
精彩镜头精选录，放歌平仄三千行。

月下品读

前世今生坦赞路，竹枝高唱倾激情。
起伏跌宕平平仄，月下潺潺诵读声。

坦赞铁路有五个名称

为何铁路五名称？贴切抒发赞誉情。
五大名牌交替用，悠悠回荡史册中。

一、坦赞铁路

坦桑尼亚赞比亚，刚刚独立俩国家。
坦赞铁路决心建，发展交通路通达。

二、自由之路

殖民时代受欺压，独立催开自由花。
坦赞自主邀援助，自由之路放光华。

三、友谊之路

坦赞中国朋友仁，并肩筑路业绩佳。
亲如兄弟热泪洒，全路盛开友谊花。

四、解放之路

坦赞两国刚独立，南部各国仍受压。
砸碎枷锁求解放，赶走外人自当家。

五、生命线

内陆闭塞赞比亚，三处海口被封杀。
坦赞铁路似经络，打通命脉救国家。

赞1972年《坦赞铁路在建设中》纪录片

新闻简报忆当年，筑路镜头在眼前。
光影匆匆飞掠过，铁龙千里欲腾然。

赞1972年相声《友谊颂》

一

演员马季唐杰忠，表演相声扬美名。
一段新编友谊颂，东西南北笑声盈。

二

激情捧逗创新风，联袂马唐总爆棚。
筑路趣闻传大地，笑声阵阵起回声。

三

网络当今随意听，点击马季唐杰忠。
早期录像四十载，再现当年火样红。

赞《友谊的彩虹——坦赞铁路工地诗歌选》

施工全线正高峰，火热生活豪气腾。
援外题材挥笔写，工人为主放歌声。

注：该书收录诗歌 59 首，9 万字，168 页，
1975 年 6 月由人民文学出版社出版。

赞《来自坦赞铁路的报告》

千里铁路刚完工，报告文学便写成。
坦赞珍闻难计数，令人读后阔心胸。

注：该书收录 27 篇报告文学，23.5 万字，
402 页，1976 年 8 月由人民文学出版社出版。

赞各种坦赞铁路回忆录

深情回忆字行间，仔细拜读眼界宽。
想起当年曾筑路，三国友谊在心田。

感怀坦赞铁路

风云梦幻忆当年，似火激情又点燃。
跨海越洋修铁路，披星戴月铸诗篇。

赞《中非关系史上的丰碑
——援建坦赞铁路亲历者的讲述》

汇编文献录实情，背景过程一展明。
不朽丰碑天地树，中非合作大旗擎。

　　注：该书收录文献资料 5 篇、在中国访谈亲历者口述实录汇编 6 篇、赴坦桑尼亚访谈亲历者口述实录汇编 4 篇、赴赞比亚访谈亲历者口述实录汇编 4 篇，22 万字，85 幅图片，272 页，2015 年 2 月由世界知识出版社出版。

赞"我和坦赞铁路"博客

五年网站不平凡，刊载诗文数百篇。
逸事珍闻谈往事，重温坦赞路相连。

　　注："我和坦赞铁路"博客地址：blog.sina.com.cn/u/3969510014。

奋笔讴歌

一句诗歌一镜头，边吟边忆影格流。
东非大地创奇迹，坦赞铁龙耀千秋。

坦赞工作感悟

奉献青春十载多，只为坦赞跑火车。
回眸往事心潮起，点点滴滴都是歌。

签订坦赞铁路协定

（1967 年 9 月 5 日）

四大文明

一

四大文明起亚非，教科书里已成规。
尼罗河畔建陵墓，万里黄河六畜肥。
河水横穿巴比伦，恒河流域管弦飞。
共同特点只一个，靠近水源城伴随。

二

文明四处数千岁，唯有中华史籍全。
遗憾其他三地点，全息历史不能编。

华夏文明

华夏文明金灿灿，数千岁月字绵延。
力争甲骨早皆辨，神话传说现起源。

中非友谊源远流长

中非交往史悠长，明代郑和曾远航。
七下西洋播友谊，文明交流铸辉煌。

非洲的历史遭遇

非洲有页殖民篇，血泪斑斑锁链缠。
贩卖奴隶无计数，民族灾难陷深渊。

1920 年代的非洲独立运动

殖民统治非洲暗，激起埃及争主权。
反对英国来"保护"，赢得独立写新篇。

1950 年代的非洲独立运动

一

自由独立风雷起，加纳胜出数第一。
名列第二几内亚，欢欣鼓舞展国旗。

二

中国特使聂荣臻，道喜西非加纳人。
祝贺国家得解放，自由独立抖精神。

1960 年代，坦、赞先后独立

非洲觉醒怒潮掀，惨烈斗争北到南。
向往自由争解放，纷纷独立建家园。

注：1961 年 12 月 9 日，坦噶尼喀宣布独
立；1963 年 12 月 10 日，桑给巴尔宣布独立。
1964 年 4 月 26 日，合并组成坦桑尼亚联合共
和国。1964 年 10 月 24 日，赞比亚共和国独立。

1964 年 1 月中国政府公布对外援助八项原则

一

八项原则不易得，总结经验历风波。
广交朋友办援外，全力支持新建国。

二

中国援外诚相见，八项原则天下传。
字字温馨心坎上，亚非大陆众国欢。

三

八项原则确真诚，亚非民众心欢腾。
飞来喜讯传佳话，报纸纷纷头版登。

尼雷尔总统萌生求助中国的念头

坦桑总统有激情，美妙念头已诞生。
八项原则都贯彻，两国铁路或能成。

1964 年 6 月尼雷尔总统先派卡瓦瓦总理访华

一

坦桑总理卡瓦瓦，受命迢迢来访华。
携带几桩援建事，试催八项原则花。

二

坦桑项目清单长，援建纺织印染厂。
农场以及农具厂，广播电台等诸项。

三

中国政府守诚信，谈判成功协议达。
八项原则均体现，工程启动不拖拉。

四

总统欣闻项目签，打消顾虑心胸宽。
真情实意可相信，铁路工程准备谈。

五

坦桑总统辨言行，八项原则确至诚。
款款载明协议里，果实累累信心增。

六

坦赞急需铁路连，铜油贸易靠登船。
西方游说无结果，试探中国能否援。

尼雷尔总统决定访华

中国体大未丰盈，援助亚非担不轻。
铁路耗资堪巨大，虚实亲自探分明。

1964 年 12 月 29 日，
第二副总统卡瓦瓦约见何英大使

原来总理卡瓦瓦，升任第二副总统。
急告履新何大使，总统渴望中国行。

1965 年 1 月 8 日，
何英大使拜会尼雷尔总统

指示来自外交部，拜会总统尼雷尔。
表示我国领导人，热烈欢迎他访华。

1965 年 2 月 10 日，
商业合作部部长巴布率贸易代表团
为尼雷尔总统访华做先期准备

一

配合总统北京行，巴布先期到北京。
大使何英约部长，互相摸底早沟通。

二

来华总统意何如，巴布直言谈铁路。
忐忑目光凝使节，事情原委慢相诉。

三

去年铁路觅人帮，坦赞两番出访忙。
世界银行相婉拒，苏联立拒没商量。

四

受屈总统决心大，失望之余狠誓发。
就是牺牲我自己，也修这路报国家。

五

今年求助来京华，敏感话题婉转拉。
希望中方不立否，缓冲一阵再回答。

六

一般表示有兴趣，愿意研究以后答。
总统再难承羞辱，拜托谢谢体惜他。

1965 年 2 月 11 日，坦桑尼亚首任驻华大使递交国书

坦桑宣布建国年，中坦当年就建交。
使馆运行节奏快，两国交往热情高。

外交部的请示报告

大使何英驻坦桑，拟文请示报中央。
内容主要有三点，如有可能建议帮。

一

坦赞独立刚不久，经济潜能要开发。
特别内陆赞比亚，三面受围封关卡。
想修北上新铁路，寻找海口走天涯。

二

"二战"之后受关注，两个公司曾勘察。
东非铁路一公司，海港公司一公司。
考察报告有结论，修建铁路可行呀！

英国也有一公司，亚历山大·吉布合股。
勘察之后也认为，可以修建这铁路。
但是必须有措施，沿线地区得开发。
这点实在太重要，否则不应修建它。

一些西方国家说，没有必要修建它。
这条铁路很政治，非只经济有牵挂。

三

坦赞两国领导人，坚定泛非主义者。
坚决支持中南非，民族解放自当家。

如我承担施援手，非洲各国会明达。
中国真心实意帮，真挚朋友在京华。

中国政府同意援建坦赞铁路

中国政府认得清，国际形势大趋势。
国际环境战略高，斗争需要应同意。

一

中国周边实严峻，腹背受敌被人欺。
美帝一贯敌视我，孤立威胁加封锁。
长久支持蒋介石，准备反攻派谍机。
制造事件北部湾，发动战争侵越南。
支持日本袒佐藤，敌视中国蠢蠢动。
韩日南越加台海，形成新月包围圈。
苏修增兵压边境，制造事端乱伊宁。
印度边界频挑衅，甚至武装来进攻。
中国外交任务重，打破美苏争主动。

二

"二战"之后非洲变，民族解放风云起。
六十年代如卷席，十七国家获独立。

殖民体系遭瓦解，帝殖势力遇打击。
非洲国家新独立，经济困局令人急。

发展经济是急需，摆脱控制真独立。
尚未独立各国家，民族解放当务急。

需要帮助与支持，西方不会真出力。
非洲大地真广阔，正需我们做工作。

三

坦桑独立比较早，一贯对我较友好。
总统为人较正直，民族解放觉悟高。

计划开发南疆地，民族独立靠经济。
扩大政治影响力，个人威望要提高。

凡此种种综合看，修建铁路决心大。
内陆国家赞比亚，出海借道别国家。

三条铁路独立后，惨遭封锁半封锁。
只剩土路通坦桑，雨季运输不要想。

55万吨年产铜，运输渠道不通畅。
急需修建新铁路，两国迫切都渴望。
对华友好卡翁达，支持独立得解放。

总而言之一句话，坦赞铁路很重要。
是否批准此项目，战略高度做观察。

1965 年 2 月 17 日，尼雷尔访华

一

总统夫妇抵北京，礼遇之高前未曾。
热烈欢迎非洲友！尼雷尔总统很感动。

二

坦桑总统喜来京，夹道欢迎几倾城。
跳跃欢呼歌友谊，绵延巨龙欲升腾。

三

国宾馆外彩旗迎，两侧几层高校生。
各色校旗风摆舞，花飞人涌荡歌声。

四

外宾未到练歌喉，院校拉歌总不休。
集体齐声合力唱，一决阵势比谁牛。

五

老歌新曲轮番唱，铁道兵呼奔四方。
地质队员迎暴雨，拥军河畔洗衣裳。

注：《铁道兵之歌》《地质大学校歌》《洗衣歌》等。

六

轿车缓缓贵宾来，开道摩托列两排。
招手频频掀热浪，欢腾群众笑颜开。

七

偶遭风雪皆不惊，宾主人群无伞擎。
唯有车行稍快驶，天空一洗愈多情。

1965 年 2 月 19 日，
毛主席会见尼雷尔总统

高瞻远瞩览苍穹，力挺非洲众弟兄。
坦赞急需修铁路，无私援助志帮穷。

1965 年春，
中国派 16 名留学生学习斯瓦西里语

中坦友谊发展快，中国派出留学生。
中学毕业学斯语，十六颗心满激情。

西方国家又做出援助姿态

眼看中国帮坦桑，西方放出一丝风。
做出姿态援铁路，让你坦赞心不宁。

中国立场

中国立场最真诚，坦赞铁路必建成。
不论谁修都可以，千方百计促成功。

1965 年 6 月下旬，
尼雷尔总统最后追问英联邦

体谅中国肩负重，心潮踌躇总翻腾。
决心坦赞相携手，追问西方行不行？

　　英联邦会议 1965 年 6 月下旬在伦敦举行，英国在会上会下开展攻击中国、攻击尼雷尔、拉拢卡翁达的活动。美国也派特使赴伦敦协助，力图阻止中国援建坦赞铁路。尼雷尔在会上慷慨陈词，坚决反击。英国首相和加拿大总理议定由两国的三家公司联合出资，组建英、加联合考察组，对坦赞铁路进行考察。考察工作始于 1965 年 12 月，至 1966 年 4 月完成。1966 年 8 月提出考察报告，认为修建这条铁路是可行的、经济的。但却无人承建。与此同时，美国提出帮助坦、赞两国修建大北公路的建议。这条公路实际上是对原有一条劣质公路的翻修，线路与坦赞铁路大体相同。意大利提出援建一条由坦桑尼亚首都至赞比亚铜带的输油管。搞这两个项目的目的在于挤掉坦赞铁路。坦、赞两国总统接受美、意两国的建议，但认为这两个项目不能替代坦赞铁路。只是卡翁达总统由于尚不了解中国，仍寄希望于非洲发展银行和英、法、日的私人公司。但这些希望也都落空。

赞比亚急需出海口

国居内陆好惆怅，海路三条皆断航。
借道寄托唯北上，坦桑尼亚好邻邦。

赞比亚石油、铜锭一度靠空运

一

斗争激烈达高峰，陆路走廊全被封。
无奈付出高代价，石油铜锭走航空。

二

保持独立意坚定，面对困难心志明。
坦赞共同修铁路，躲开障碍北方行。

反殖自由战士急需支援

殖民堡垒筑三边，坦赞位于战线前。
兄弟情深援战友，可悲遥远路艰难。

坦赞两国的铁路之梦

两国总统共心焦，展望未来胆气豪。
坦赞一朝通铁路，非洲解放再高潮。

坦赞求助西方修建均告失败

两国总统不辞劳，世界富国门遍敲。
答复不一归婉拒，水中之月不能捞。

1967 年 6 月下旬，
卡翁达总统访华，称颂全天候朋友

四处求援付水流，虚辞推诿早听够。
遍寻挚友来中国，友谊喜结全天候。

卡翁达总统归国途中会晤尼雷尔总统

一

首次来京志满胸，飞离北京好心情，
回国途中坦桑落，喜讯转告尼总统。

二

归心似箭伴云飞，暂落坦桑再续追。
总统府中元首会，畅谈铁路笑相随。

次日晚尼雷尔总统到访中国使馆

一

坦桑总统真高兴，又有喜讯相沟通。
巧设饭局来使馆，为见代办周伯萍。

二

卡翁总统访京行，落定尘埃大事宁。
亢奋着迷多话语，逢人夸奖中国情。

三

坦桑总统忆曾经，自己访华感受同。
理解卡翁心境地，出于肺腑动真情。

四

停留使馆两时多，铁路话题持续着。
只字未提忧虑事，将离使馆突然说。

五

中国援建已然定，主要问题都打通。
只要"文革"不裹乱，这条铁路定修成。

坦赞铁路最早的翻译

高级翻译在高层，高端会谈展高能。
双语往来三领袖，真诚意向喜达成。

  注：来自外交部的冀朝铸、王海容、唐
闻生、章含之等参加了翻译工作。

赞东风送暖

曾经奔走借西风，无奈徒劳终不成。
唯有东风春意暖，三国携手踏征程。

1967年9月5日，签订修建坦赞铁路的协定

新闻见报

三国协定北京签，照片新闻见报端。
言简意赅才几句，瞬间世界已风传。

铁路奠基人

一

感谢三国领导人，坦赞铁路树丰碑。
反帝反殖结战友，南部非洲战鼓擂。

二

坦桑总统尼雷尔，奔走西方无果归。
发现中国诚援外，急切改航北京飞。

三

赞方总统卡翁达，频往西方空手回。
喜见坦中友谊果，决心航线亦东飞。

四

书房会见非洲客，两幅照片世永垂。
谈笑风生谋铁路，三国友谊放光辉。

在北京举行中坦赞三国第一次会谈

坦桑有意昌南疆，赞比亚需通海洋。
协定中国援助建，三国友谊谱新章。

第一步

中国政府派专家，去到坦赞做考察。
人员必须足够多，费用全由中国拿。

第二步

派出专家技术员，到达坦赞做勘测。
考察勘测为依据，中国方面来设计。

第三步

一

根据设计和图纸，派出专家技术员。
帮助坦赞俩政府，组织施工把活干。

二

坦赞两国急切中，提出四年就完成。
提交建议有多次，希望早天庆成功。

三

总理认为应慎重，工程质量定盘星。
保得优质前提下，缩短工期尽可能。

四

回顾我国铁道部，提出方案分三层。
六年八年或十年，商定六年奋力争。

坦赞铁路勘测设计

（1968—1969 年）

铁道部

京西宾馆往东处，有位邻居铁道部。
坦赞铁路新上马，落实决策是中枢。

铁三院

一

天津北站站台旁，有座勘测设计院。
业内简称铁三院，上级指令援坦赞。

二

一片忙碌铁三院，组建援外两总队。
一队将赴坦桑去，一队将去赞比亚。

三

两个总队多少人，一共六百八十名。
每个总队多少人，分别三百四十名。

四

再分三个小分队，每个分队约百名。
总队队部也精干，拥有大约四十名。

英语翻译

一

英语翻译哪里来，应届本科毕业生。
北外当年英语系，刚刚毕业百余名。

二

一九六七暑气蒸，面临毕业去何从。
正值"文化大革命"，工作前程悬半空。

三

铁路来招毕业生，始知坦赞上工程。
出国一次两三载，个个红心早沸腾。

四

自愿报名豪气腾，上级批准二十名。
天津三院去集训，百倍热情赴远征。

五

将离母校已深秋，不禁顿觉情意稠。
五载苦读浮脑际，百般思绪涌心头。

六

五年外语摇篮中，苦练勤学谢启蒙。
中外恩师曾教诲，频频回首始登程。

斯语（斯瓦西里语）翻译

一

坦赞铁路大工程，斯语翻译谁担承？
一九六五春季里，派出斯语留学生。

二

朝气蓬勃很用功，留坦学生十六名。
一九六七春二月，参加运动返京城。

三

一九六七探亲后，毕业分流提日程。
部队二人回部队，其余十四上天津。

四

留坦学生斯语精，十四翻译去向明。
二位翻译留总队，三个分队各四名。

集　训

在天津第三勘测设计院集训

迁出户口赴天津，铁路新知待补充。
访问参观挑重点，整装待命赴征程。

外交部非洲司司长宫达非作形势报告

一

专题讲座第一回，精彩连连心放飞。
援助非洲争解放，三国协定似春雷。

二

主席指示记心上，反帝反殖正义张。
加快非洲得解放，支援坦赞理应当。

三

出国援外到非洲，牢记规章纪律明。
尊重风俗及法令，共建铁路友谊增。

总队准备测量用品

水平仪兮经纬仪，测绘必须装备全。
还有测杆一杆杆，木桩油笔带罗盘。

总队准备生活用品

帐篷桌椅行军床，炉灶饭锅碗与盘。
各种罐头调味料，汽灯电器统装船。

总队准备医疗用品

后勤保障有医疗，随队物资装备全。
热带各疾为重点，中西药品一长单。

准备个人服装

出国在即备行囊，量体裁衣排队忙。
一套礼服毛料制，两身灰色布工装。

注：每人限 20 公斤行囊。

两双鞋

皮鞋可选黑和黄，搭配礼服相映光。
另有翻毛靴褐色，登山勘测最刚强。

注：一双皮鞋，配礼服；一双大头翻毛
褐色登山靴，野外作业用。

军用雨衣

雨衣一件挡风墙，帆布橡胶双面搪。
帆布雨时朝里面，橡胶一面勇担当。

防蜂帽

为防热带毒蜂缠，头戴纱罩当桂冠。
且看人人箱子里，赫然一顶绿纱盘。

名牌季德胜蛇伤药

季氏蛇药美名传，特效及时救命丹。
防范万一遭蛇咬，人人有药带身边。

渡　海

坦、赞两个勘测设计总队分批出发

勘测专家聚北京，两个总队点精兵。

中华勇士广州去，过海漂洋先遣营。

注：1968 年 3 月 31 日至 4 月 14 日，坦赞铁路勘测设计队第一批队员，包括队部和三个分队的部分骨干成员约 60 人，涵盖线路、桥涵、隧道、地质、房建、站场、给排水、机车、车辆、通信、信号等专业，2 名英语翻译和 5 名斯瓦西里语翻译，由副队长杨庆玉率领，乘"耀华号"客轮，从广州湾出发，途经南海、马六甲海峡、印度洋，到达坦桑尼亚首都达累斯萨拉姆的港口。"耀华号"客轮，长 50 米，宽 21 米，高 8 层，总马力 15000 匹，排水量 10298 吨，最大航速 22 节，头等舱 100 位，二等舱 100 位，三等舱 118 位，是当时世界最豪华的五星级邮轮之一，法国制造。

坦赞铁路勘测设计队第一船

1. 勘测设计队南下广州

中国坦赞互支援，铁路工程协定签。
勘测精兵先遣队，离京南下广州湾。

2. 码头誓师大会

春风扑面身心健，全体队员气宇轩。
紧握右拳朝北望，出国宣誓放豪言。

3. 登上耀华船

一声口令面朝南，步伐整齐踏向前。
边检海关排队过，黄昏登上耀华船。

4. 万吨巨轮耀华号

耀华闪亮色光鲜，实用美观设备全。
超过万吨排水量，法国定制不一般。

5. 巨轮一瞥

船儿高耸向蓝天，三百人员可乘船。
甲板泳池吸众眼，救生小艇挂双边。

6. 船长率队欢迎

船员船长候船舷，鼓掌欢迎笑语喧。
引导客人达卧铺，相约六点第一餐。

7. 船上晚餐

餐厅敞亮彩桌宽，刚泡新茶香气鲜。
广式蒸包味独特，粥汤代酒碰杯干。

8. 午夜启航

准时午夜起锚链，笛吼一声贯九天。
皓月当空船加速，乘风破浪径奔南。

9. 首观海上晨景

朝阳升起海平面，七彩云霞列远天。
海鸟翻飞频转唤，盘旋往复恋桅杆。

10. 首次早餐

起航次日七时半，空荡餐厅人气蔫。
多数队员觉胃满，强吃几口做敷衍。

11. 舵手密切掌握方向

英姿舵手望船前，仔细巡查仪表盘。
船尾哗哗白浪卷，迎头飒飒海风咸。

12. 快乐的王主任

轮船有位老船员，主任头衔口若泉。
世界环游活字典，众人围拢累三圈。

13. 与王主任聊天

轮番七嘴八舌问，有问有答笑语喧。
航海途中聊大海，散心解闷乐交谈。

14. 体会深海晕船

悠悠海水有深浅，深浅浪头不一般。
浅海感觉还算好，海沟大浪会晕船。

15. 各路专家沉思

深知重任在双肩，各路专家难入眠。
铺展地图思预案，争分夺秒抢时间。

16. 各行各业心往一处想

隔行俗话如隔山，专业不同各自专。
各业人员来会战，共同任务把心连。

17. 斯语翻译介绍坦桑尼亚国情

五名翻译通斯语，曾在坦桑学语言。
故地重游心振奋，热情浇灌众心田。

18. 祖国南海景象

祖国南海好璀璨，宛似蓝绸接远天。
万里波光红日照，船犁海面浪花翻。

19. 遭遇空中骚扰

乘风破浪往前赶，骚扰飞机频打旋。
全体船员严阵待，机枪架起指长天。

20. 遭遇海上骚扰

无边大海水连天，航线偏遭军舰拦。
正义精神冲恶浪，堂堂正正向前瞻。

注：《中非关系史上的丰碑》第86页转
引周伯萍《非常时期的外交生涯》：他们蔑
视美国军用飞机的低飞威胁，冲破台湾当局
军舰的拦阻。

21. 海上雷雨风浪

天如宣纸乌云染，风暴急旋波浪掀。
万点雨镖天外射，雷声滚滚撞心弦。

22. 昼夜晕船

几天大海浪摧船，心悸眩晕脚踩棉。
面对美食无胃口，卧床翻转忍熬煎。

23. 船过新加坡

客轮转舵向西北，平阔沙滩水卷涟。
油罐高高银色闪，狮城轮廓现天边。

24. 船过马六甲

凭栏极目远方观，马六海峡在近前。
出入频繁船舰密，往来旗语舞蹁跹。

25. 轮船联欢晚会

大厅围坐彩灯炫，晚会联欢笑语甜。
才艺缤纷勘测队，吹拉弹唱倍新鲜。

26. 船入印度洋

客船颠簸似摇篮，奋力海峡风雨间。
忽入一洋名印度，苏门答腊甩云边。

27. 彩虹与飞鱼

雨停天际现斑斓，争看彩虹甲板前。
出水飞鱼翔两侧，偶跌船面众人观。

28. 船过赤道线

地图赤道一条线，全体凝眸海面观。
主任扬言刚过杠，欢呼雀跃笑声欢。

29. 轮船遭遇暗涌

谁知洋下水千变，洋底暗流向上翻。
看似风平无大浪，遭逢暗涌最心烦。

30. 暗涌顶船

时时暗涌顶船颠，盘碗滑脱人晃然。
反胃恶心呕不止，纵然躺卧亦难安。

31. 船员与船客

海员历尽大风浪，暗涌面前冒胃酸。
船客自然缺锻炼，有人卧倒十多天。

32. 驶离暗涌

驶离暗涌浪稍安，身体顿觉趋自然。
沐浴海风登甲板，天空海鸟又盘旋。

33. 海岸在眼前

东非海岸艳阳天，海鸟竞相飞海滩。
远远椰林风摆动，一艘快艇靠船沿。

34. 领航靠岸

艇中走下领航员，来到客轮仪表前。
放眼指明航道线，从容引领岸一端。

35. 岸上的欢迎队伍

欢迎队伍码头站，挥手相呼沿岸喧。
当地船工踮脚吼，风情幕幕印心田。

36. 抛锚上岸

缆绳拴定下锚链，携带行囊过海关。
何故岸头身在晃，只缘坐惯海中船。

37. 乘坐大巴离岸

远航万里十二天，喜见人人尽笑颜。
登上大巴离岸去，晚霞一抹淡如烟。

38. 下榻东非大学

街灯引路月光闪，奔向营盘一校园。
笑语欢声豪气壮，异国土地展新篇。

两天后使馆在耀华客轮上举行盛大招待会

一

张灯结彩换新装，耀华大厅待客忙。

五百嘉宾频举杯，畅谈首航越重洋。

二

一杯饮品手中拿，微笑趋前把话拉。

老友相逢温旧事，新朋会意笑相答。

前驻坦桑尼亚使馆临时代办周伯萍回忆："使馆在耀华轮上举行了一次盛大的欢迎招待会，采取冷餐酒会形式，饮食简单，不作长篇讲话，大家自由交谈。卡瓦瓦第二副总统和500位各界知名人士应邀出席。使馆部分同志和在达累斯萨拉姆地区的各专家组负责人，也参加了招待会。我和卢辛迪部长、杨庆玉副队长先后致辞。卡瓦瓦第二副总统还与杨庆玉副队长和船员亲切握手，表示欢迎和感谢。大家在船上参观交谈，主要是与勘测设计队同志和船员交流。勘测设计队的同志都是第一次远涉重洋，他们畅谈航行过程中的各种经历：初登船时的新奇感和兴奋劲；航行中的惊涛骇浪，晕眩呕吐；他们蔑视美国军用飞机的低飞威胁，冲破台湾当局军舰的拦阻，到达达累斯萨拉姆港口的振奋、欢乐等，都引人入胜。招待会持续了两个多小时，大家尽欢而散。这样的大型招待会，只举行过这一次。以后每次来船，都是我和卢辛迪部长、勘测设计队队长、政委登船欢迎和慰问。招待会改在勘测设计队或分队驻地举行，参加者主要是当地知名人士，规模较小。1968 年 5 月 23 日，坦境路段勘测设计队队长李文毅率领另一批成员百余人，乘耀华轮到达达累斯萨拉姆。赞境路段的勘测设计队，第一批于 1968 年 10 月中旬，第二批于 11 月中旬先后乘耀华轮到达达累斯萨拉姆，转赴赞境勘测设计现场。"

在东非大学休整

1968 年 4 月 12 至 30 日，坦赞铁路勘测设计队约 60 人在东非大学放假期间进行休整，为野外勘测做各项准备工作。

1. 下榻东非大学

东非名校似花园，远近闻名景不凡。
政府热情迎远客，工程起步好开端。

2. 环境优美

高楼耸立海风咸，树绿草青花正繁。
一片清新宁静地，远航疲劳速消然。

3. 食宿宜人

双人标准小房间，顿顿西餐花样翻。
学用刀叉慢慢喂，补回海上几多餐。

4. 各种事务纷繁杂乱

常说万事起头难，四面八方都有关。
只见轿车急往返，千头万绪似麻缠。

5. 反光漆路牌

夜间道路乘车归，个个路牌字放辉。
奇怪转头牌隐没，反光全靠车灯追。

6. 双方频繁磋商

双方接洽多约见，总体安排深入谈。
铁路当局及属地，一一对口巧连环。

7. 磋商内容

何时开赴新营地，当地官员谁领班。
随队如何加警卫，逐条商讨议周全。

8. 码头卸货

码头卸货总加班，货物堆积如小山。
分拣东西归所属，配齐设备对清单。

9. 配备车辆

卡车吉普小油罐，备件颇多当配全。
当地行车须驾照，一一办理亦麻烦。

10. 测量用品

水平仪兮经纬仪，测绘必须配套全。
还有测杆一杆杆，木桩油笔带罗盘。

11. 生活用品

帐篷桌椅行军床，炉灶饭锅碗与盘。
采购生鲜荤素料，冰箱自备电来源。

12. 医疗用品

后勤保障有医疗，随队物资装备全。
热带各疾为重点，中西药品一长单。

13. 水文资料

水文资料广搜全，流量几多流域宽。
千载百年洪水线，画出曲线为桥涵。

14. 寻购地图

遍寻书店购地图，详细大图最优先。
道路村庄都显示，研究地理认山川。

15. 地质地图

拿来地质地图观，好似画板色彩斑。
块块条条抽象画，岩层种类各标签。

16. 寻海边海拔原点

海面平平拔海零，岸边原点定盘星。
内陆地貌高何许，由此测量接力行。

17. 观三角网原点石碑

平平海面海拔零，原点石碑立海滩。
由此延伸三角点，全国联网树标杆。

18. 寻三角点网图

急寻三角点网图，各地高程在里边。
由此测量诸点线，精描地貌水和山。

19.　教学外语

设身处地在国外，必有语言拦路关。
翻译突击教外语，队员反复记心间。

20.　休整完毕

即将勘测事多端，国外荒原在眼前。
勇敢面对新战场，喜过休整第一关。

1968 年 4 月 26 日，坦赞铁路勘测设计队约 60 人应邀参加坦桑尼亚国庆庆典活动

1. 应邀观礼

晴空万里海风轻，国庆首都大阅兵。
各界人民来广场，中国贵客受欢迎。

2. 精神饱满参加盛典

礼服定制队形整，庄重朴实自挺胸。
充满好奇观盛典，坦桑独立赞由衷。

3. 军乐飘荡

悠悠乐曲送长空，国庆佳节喜气浓。
激越抒情交替奏，声声入耳阔心胸。

4. 总统演说

国歌奏唱伴长风，冉冉国旗向上升。
总统演说出肺腑，掌声阵阵引欢腾。

5. 回顾坦桑尼亚联合共和国历史

西边大陆先独立，桑岛两年随后行。
两个部分求互补，联合共建大旗升。

6. 勘测队的到场意味工程起步

国家建设进行中，坦赞共图铁路通。
勘测队员临广场，工程起步盼成功。

7. 阅兵概况

阅兵程序少而精，正步官兵踏乐行。
笔挺军装身健硕，汗珠验证爱国情。

8. 乐队指挥

人夸乐队指挥精，汗水淋淋棒不停。
舒缓激昂歌复曲，音符跳跃喜盈盈。

9. 歌舞展示

高歌狂舞非洲味，展现无遗情沸腾。
队队激昂争献唱，紧敲手鼓伴歌声。

10. 民风尽显

彩妆舞蹈顶花翎，高嗓连连天籁声。
抖动腰臀追鼓点，载歌载舞展民风。

11. 共同心声

举国庆典共心胸，翘首东非草莽中。
大地走来勘测队，自由之路早开工。

1968年5月开始，按三国政府协议由中国铁道部派出坦赞铁路勘测设计队，跋山涉水，风餐露宿，分别在坦、赞两国境内长1500公里，宽6公里，总面积达9000平方公里的范围内同时进行勘测设计，历时两年。

总队机关

总队下设三分队，每个分队百余员。
总队机关抓全局，督促检查常见面。

每个分队

第一把手教导员，一名队长管生产。
一名队副抓后勤，一百多人同心干。

驻分队的坦方官员

坦方驻队只一员，另起帐篷在近边。
主管民工劳务事，偶征苗木去赔钱。

勘测设计全面展开

勘测设计俩总队，坦桑总队先开工。
赞方总队紧跟上，六个分队测全程。

坦赞铁路勘测设计队第一个营地

1968 年 5 月 1 日国际劳动节，中国坦赞铁路勘测设计队第一分队数十人，在一位坦赞铁路局驻队官员和几位安保人员的陪同下，向工地进发。次日到达 500 公里以外的基达杜，安营扎寨。中国人营地有帐篷十几顶，坦方营地有一顶帐篷。这位坦赞铁路局驻队官员协助中国坦赞铁路勘测设计队工作，负责与地方政府联络，协助雇佣当地临时工。

1. "五一"国际劳动节出征

五一号令首出征，勘测队员豪气腾。
列阵出发车浩荡，海天云外摆营篷。

2. 车队行驶在大北公路上

卡车吉普驾长风，丽日祥云伴远征。
回望前瞻车赶路，蠕蠕而动巨龙腾。

3. 路见剑麻种植园

大片田园种剑麻，纵横列阵剑斜插。
挺拔绿叶纤维韧，船舰缆绳取自它。

4. 沿途好风景

沿途山色各不同，棕榈剑麻郁郁葱。
车队边行边赏景，不觉日落晚霞红。

5. 下榻滨海区首府莫罗戈罗

眼前仙境绿丛丛，原是到达区府城。
附近寻得宾馆住，一行人等待天明。

6. 次日继续赶路

清晨早早续行程，明媚朝阳飞鸟鸣。
浩荡车流朝左拐，离开干道下乡行。

7. 下午山脚扎营

羊肠小路草青青，偶见茅屋圆顶棚。
下午车停山脚下，溪边不远喜扎营。

8. 基达杜小镇

区区小镇基达杜，镇外小山五百米。
山脚一方杂草坪，选为勘测露营地。

9. 基达杜车站

基达杜有火车站，既有铁路一终端。
坦赞铁路做起点，新旧铁路在此连。

10. 村民围观

队员着手卸辎重，吸引乡民围数重。
七嘴八舌打手势，唤来翻译做沟通。

11. 雇用当地民工

招工喜讯快如风，青壮纷纷来报名。
十几乡民得选中，卸车搬运打冲锋。

12. 迅速搭建帆布帐篷

帐篷主干向天顶，八面拉绳连地钉。
四角铝杆随后立，周围四壁有窗明。

13. 帐篷营地全景

帐篷十几草丛丛，帆布之城列阵雄。
营地中央车广场，营门开阔便交通。

14. 建营地篱笆

大营边界木桩钉，环绕一圈篱栅明。
宽阔营门通内外，崭新环境保安宁。

15. 帐篷内景

帐篷不大四人用，四壁各有窗亮明。
四角四床平摆放，十足野趣乐融融。

16. 为厨房支起炉灶

民工体壮干活猛，斩草砍刀快似风。
搭好厨房支上灶，西沉红日彩霞生。

17. 傍晚当地民工收工

民工到点就收工，满脸汗珠淌笑容。
约好明天连续干，记清八点守时钟。

18. 野炊晚餐

点燃柴草火苗红，淡淡青烟飘上空。
营地厨师麻利快，野炊风味愈香浓。

19. 中国营地夜景

苍茫暮色月升空，点亮汽灯照帐篷。
白炽灯心光灿灿，行军床上议开工。

20. 坦桑官员营地

几十米外坦桑营，一顶帐篷篝火明。
随队官员居住地，求职百姓数十名。

21. 两营共梦乡

如盘明月挂天空，深夜两营一梦通。
但等明朝升旭日，相携共赴第一工。

中方无私援助

一

中国贷款系无息，还款困难可展期。
真正用于独立事，不容挥霍不珍惜。

二

近来几处谣言起，要给专家拨土地。
空穴来风涉特殊，提高警惕严于己。

坦方真诚感谢

专家榜样非常好，朴素生活无特殊。
多次参观棉纺厂，几人合住一间屋。

勘测场景

勘测营地的选址和搬迁

沿途勘测几搬迁，选址常常依水源。
搭起帐篷一片绿，夕阳西下上炊烟。

化验水质

野外水源抽样验，化学成分要安全。
大肠菌落不超限，方可汲来用作餐。

白　矾

池塘河水若浑浊，汲取桶中难下锅。
加入白矾沉淀后，舀出清水哼炊歌。

烧水消毒

非洲疾病多危险，水是第一传染源。
烧水消毒方饮用，两年勘测保平安。

为乡民看病

红日白云绿帐篷，乡民排队看医生。
中西医术结合用，针灸美誉快如风。

蚊 虫

一

水丰草美好风景，热带蚊虫狠命叮。
蚊帐天天非可免，每隔七日咽奎宁。

二

亚非都有疟疾生，可叹病情大不同。
热带摆子发作猛，奎宁无效命危中。

青蒿素

当地蚊虫染病凶，奎宁吃了等于零。
专家急送青蒿素，防治疟疾立大功。

    注：2015 年 10 月 5 日，药学家屠呦呦因
发现青蒿素荣获诺贝尔医学奖。

水果市场

沿途筑路几扎营，附近乡村市场兴。
芒果香蕉黄柚子，如山堆起果香浓。

热带水果满足供应

橘橙芒果串香蕉，热带美食挂树梢。
顿顿品尝新口味，富含营养价不高。

废弃营地番茄西瓜自生自灭

风调雨顺地力肥，坐等收成真不吹。
营地弃离三个月，番茄挂果伴瓜蕾。

骤雨骤收

正值雨季不须愁，大雨骤来也骤收。
穿好雨衣停片刻，阳光又见彩云头。

实地勘测

勘测现场遥远

一

勘测里程五百里，曾经七次大搬家。
露营之地为原点，现场距离在远涯。

二

清早匆匆吃早饭，学习语录两三行。
午时餐饮并工具，带上汽车奔远方。

三

下了汽车徒步赶，目标现场似云边。
最长两个小时路，燥热荒原负重穿。

四

勘测工具扛在肩，几人一组奔前边。
荒原体力消耗大，舌燥口干喉冒烟。

五

草地密林作业难，测量术语喊声传。
若谁迷路掉了队，费力找寻老半天。

六

收工相约在三点，总想延时多干点。
原路回程路途遥，疏忽大意出危险。

七

某天下午考察多，队长带头走在前。
作业目标偏远地，太阳西落始回还。

八

返回途中迷了路，恐怕有人落了单。
相互高声呼名姓，又闻语录歌声传。

九

大家苦苦搜寻时，猎警探出一路辙。
找到几家居住地，花钱带路上了车。

十

开回驻地月出山，队部人人未晚餐。
等待全员回驻地，大家拥抱又团圆。

早晨出工

驶离营地日初升，脚踩露珠去上工。
线路两边深数里，狭长地带测分明。

注：线路两侧 6 千米的狭长地带是勘测
范围。线路、水文、隧道、地质、房建、站场、
给排水、机车、车辆、通信、信号等专业的
工程技术人员，以及英语翻译和斯瓦西里语
翻译一道进行实地勘测。

大旗组：大旗开路做先锋，
导线组：距离几何勘测清。
抄平组：高度海拔多少米，
地形组：地形地貌绘尊容。

勘测全线 1860 公里

全凭脚板走天涯，全线常规三五遍。
路段疑难反复测，一二十遍也曾见。

大旗组斯瓦西里翻译的全副武装

一

一身灰色工作服，棕色登山大头鞋。
一副绑腿防虫咬，怀揣特效蛇伤药。
一把砍树大斧头，一把斩草大砍刀。

一个肩膀挎水壶，一个肩膀午饭包。
午饭罐头加馒头，馒头多带给朋友。
当地朋友不带饭，共同分享共加油。

二

一名翻译担不轻，带领当地十弟兄。
张工挥手定方向，斧头砍刀拓新径。

三

一壶水来两壶水，更多壶水不够用。
众人口渴敢饮河，万幸喝了没生病。

四

荒山野岭遇溪流，砍树一横独木桥。
胆小踌躇不敢过，前挽后护笑声摇。

在姆索瓦

一

热带密林灌木丛，粗藤缠绕藤缠藤。
树高径粗超一米，野兽毒蛇肆意行。

二

全副武装入密林，必须戴上防蜂帽。
前面纱罩遮住脸，两绳拉紧系牢靠。

三

一把长枪一短枪，一把斧头一砍刀。
一个水壶一背包，这副行头实必要。

四

斩藤砍树要提防，野兽蟒蛇与野蜂。
各种小虫名不晓，树汁沾染烂皮层。

五

密林勘测见真功，闷热憋屈不透风。
通道日伐几百米，奋不顾身向前冲。

线路专业

涉水爬山沿线走，地形地貌镜中收。
测量宽度六千米，经纬高程数据留。

水准仪和经纬仪

测量仪器好神奇，水准仪兮经纬仪。
确保铅锤尖对点，认清经纬看高低。

当地民工披荆斩棘

灌木草丛原始林，镜头视线怎延伸？
民工刀落荆棘倒，透过绿廊窥测针。

一种毒树

树汁入眼会失明，多谢民工敲警钟。
如若挥刀劈树杈，当心汁液乱飞空。

木　桩

木桩长度三十厘，打入地中标路基。
顶面之钉基准点，铅垂尖端对之齐。

野外午餐

炎炎烈日正当头，渴饮壶水先润喉。
开启罐头忙果腹，补充能量快加油。

线路的坡度与转弯半径

确保缓坡车不溜，路基坡度有要求。
转弯半径按规定，弯道安全车畅流。

水文专业

为建彩虹跨水流，水文专业探源头。
山洪疏泄测流量，涵管大桥无后忧。

地质专业

地质岩层要探究，层层取样下钻头。
桥墩必建基岩上，钻探到岩才罢休。

隧道专业

面对大山休苦愁，沿坡绕过走春秋。
壁高千仞亦无惧，隧道直穿过铁流。

房建、站场、机车、车辆、给排水诸专业

站场选址必统筹，平平坦坦最为优。
给排水管保斜度，避免水淹倒灌愁。

通信、信号专业

通信信号飞线走，线杆位置早筹谋。
方方面面想周到，仔细标明图上头。

勘测花絮

在大草原勘测

一

从达累斯萨拉姆，二百公里西南方。
辽阔草原原始样，野生动物享天堂。

二

野生动物千千万，稀疏密集住草原。
角马野牛千百过，羚羊大象聚成团。

三

野猪三五成群到，斑马觅食草莽间。
奔跑优雅长颈鹿，狮群游荡似悠闲。

四

坦桑政府重安全，特派猎人到营盘。
夜晚轮流巡驻地，白天警卫在身边。

穿越沼泽地

一

沼泽泥水没膝深，荒草高高不透风。
砍断草茎草不倒，横推刀把草压平。

二

水中勘测穿胶靴，脚踩污泥总下沉。
深陷水中难动作，靴中进水苦犹深。

三

进水胶靴脚泡白，气温炎热草中行。
浑身上下汗浸透，回到帐篷清水冲。

四

衣服清水洗干净，搭上长长晾晒绳。
明早换穿另一套，衣服如此天天更。

穿过几处大甘蔗田

一

印度后裔开农场，甘蔗田里动物多。
野猪蛇蟒突遭遇，心里紧张受折磨。

二

天天脚上穿胶靴，裤腿必须塞进去。
防止毒蛇钻入衣，放心蹚草无忧虑。

猎 警

一

原始草原勘测线，奇花异草撒其间。
野生动物悠然过，猎警持枪远远观。

二

荷枪实弹漫巡游，火眼金睛探四周。
警惕突然来野兽，狮子大象猛犀牛。

三

一名猎警护勘测，驱赶野牛被顶伤。
头受冲击胸遭撞，及时抢救得复康。

掉队的老弱病残野牛

一

野牛偏爱大家庭，成百上千结伴行。
老弱病残终掉队，只身暂避草丛中。

二

孑然一身易激动，遇到人兽拼命冲。
兽类见牛也绕道，猎人最怕病牛疯。

三

野牛患病更加凶，力大千钧犄角锋。
躲闪不及丢性命，有人遭遇幸逃生。

第一起野牛伤人事件

一

一九六八八月六，灿烂晨光云缝透。
线路测工李锦文，仪器在肩真抖擞。

二

他是抄平视镜手，三名同事相跟走。
沿着刚砍高草巷，突遇草间一病牛。

三

躲闪已然来不及，野牛直冲顶身体。
瞬间犄角将他挑，重重摔在草地上。
猎警机灵急赶到，开枪将牛赶跑了。

四

工友扶他上汽车，驰回驻地如乘风。
驻队大夫详检验，大腿根部有个洞。
幸亏动脉未伤到，真是险些要了命。

五

受伤师傅骨头硬，随队疗伤住帐篷。
执意不住大医院，驻队大夫倾深情。

六

精心治疗与护理，两个多月伤痊愈。
继续投入大草原，一条铁路在心里。

几天后第二起野牛伤人事件

一

钻探工人名王友，当时年约三十九。
抗美援朝曾过江，今又援外来坦桑。
队里就他摸过枪，负责警戒他内行。

二

当时河边高草中，工人分头寻钻孔。
寻寻觅觅突发现，一头病牛前方横。
病牛站立竟不动，王友举枪朝天鸣。

三

意在恫吓驱病牛，同时报警给战友。
病牛非但不逃跑，反向王友猛力冲。
情急连发十多枪，未中目标牛变狂。

四

王友刺刀向牛头，头骨反弹刀弯扭。
病牛体大千斤重，王友被顶倒草中。
肋骨受伤锁骨穿，病牛低头欲再顶。

五

王友倒地抬双腿，准备与牛再搏斗。
猎警朋友在附近，听到枪响转过头。
瞄准病牛连发枪，病牛中弹倒地上。

六

王友伤口失血多，瘫倒在地陷昏迷。
大家抱起王师傅，驰回驻地抢救急。
王友养伤也坚强，坚决留在营地上。

七

三个月后伤痊愈，又上工地钻探忙。
王友事迹传佳话，各方朋友赞复康。
斗牛英雄新名号，勘测沿线得传扬。

尼雷尔总统下令

总统闻讯做决定，加强警卫枪械增。
野外每一作业组，发枪自卫护前锋。
步枪手枪各一支，专人瞭望野牛情。

在野生动物区持枪勘测

野牛野性愣直冲，狂躁伤人多险情。
破例发枪增警戒，持枪勘测担不轻。

狮群夜扰营地

一

路途遥远需扎营，荒野之中搭帐篷。
夜里闻听不远处，狮群时而吼声声。

二

两名猎警夜巡逻，手电强光划夜空。
狮眼绿光忽闪闪，为驱狮子把枪鸣。

象群夜扰营地

一

群象时而接踵到，附近觅食灌木丛。
帐内悄悄不敢动，提心吊胆到天明。

二

天将放亮象群离，灌木树叶一扫光。
直线距离五十米，树枝高处也搬伤。

警惕鳄鱼

一

鳄鱼凶猛水中栖，水域河流多密集。
沿岸测量危险大，坦桑兄弟更焦急。

二

坦桑兄弟忆家乡，女子河边洗衣裳。
犬吠鳄鱼爬上岸，狂拼巨鳄落河床。

租乘独木舟

渡河或者测河流，租乘地方独木舟。
警惕鳄鱼枪在手，轻舟款款水中游。

独木舟遇上河马

一

某日测量大水塘，突然河马蹿舟旁。
吼出巨响口张大，刹那众人很紧张。

二

猎警测工齐放枪，受惊河马速逃亡。
众人遇险虽无恙，后怕覆舟落水塘。

荒野有象牙

自生自灭象结帮，遗落骷髅在草荒。
拾起象牙二十几，上交官员转坦桑。

小心蜂蜇

野外测量作业时，偶然惊扰蜂飞绕。
脖子手腕蜇一下，很快皮肤起大包。
所幸单蜂毒性小，及时内外用蛇药。
毒包一夜即消退，不会造成人病倒。

远离蜂巢

树上蜂巢枝杈挂，想方设法远离它。
倾巢出动不得了，蜂涌而来黑雾压。

烧蜂巢

一

刚到坦桑听介绍，去年水利专家到。
群蜂蜇刺张敏才，救治最终不奏效。

二

使馆同志频提醒，防备措施定要强。
掉以轻心决不可，果然声势不虚张。

三

几人有次遇蜂巢，惊扰野蜂后果糟。
刹那群蜂冲下来，衣服保护未蜇着。

四

一名同志脸蜇伤，两眼只留细缝张。
服药治疗调养后，两天消炎复归常。

五

为防后人再挨蜇，当晚必须隐患除。
队长带领十几位，灭蜂行动信心足。

六

携带两桶油，人人雨衣罩。
头戴防蚊帽，两手戴手套。
冲到树杈下，汽油浇蜂巢。

点燃汽油后，烈火熊熊烧。
群蜂速飞逃，遇火纷纷掉。

七

次日清晨队友过，死蜂树下数不清。
树根蜂蜜漫流淌，当地雇员手蘸尝。

蛇害严重

一

蛇类丛林出没行，腾挪辗转令人惊。
有人晨起忽高叫，"鞋里有蛇！"话变声。

二

穿行千里野荒中，最怕毒蛇突现形。
遭遇咬伤危性命，树枝打草把蛇惊。

三

名牌蛇药出工带，防备万一遭遇蛇。
被咬自行来处理，时间宝贵不耽搁。

四

几番驻地大迁移，发现毒蛇藏在家。
昏暗床下杂物里，毒蛇盘卧吐舌叉。

五

毒蛇半米床中藏，所幸主人火眼亮。
发现及时打死蛇，免遭厄运在床上。

救治当地蛇咬病人

一

中年农妇遭蛇咬，三个小时毒性发。
前臂肿得粗似腿，抬来驻地救治她。

二

口服蛇药季德胜，前臂外敷厚药膏。
局部粗针放血水，病肢次日肿方消。

三

前来求助算及时，次日脱离危险期。
凶险病情得控制，三天痊愈始抬离。

毒蝎之害

一

一天下午王明才，伸手床头去取图。
图纸下方遭异物，瞬间手指被蝎蜇。

二

手指被蜇格外疼，不多一会肿得高。
夜不能寐巨疼痛，医治及时两日消。

三

树根缝隙隐毒蝎，翘起尾巴四厘长。
通体乌黑毒液满，被蜇一下险难当。

白蚁丘

丛林白蚁筑巢丘，唾液拌砂堆土楼。
白蚁富含营养素，民工演示啖无忧。

白蚁灾害

非洲大地多白蚁，原是木桩头号敌。
专把木桩当美味，啃食几日化为泥。

对木桩防腐处理

沥青加热一锅稀，放入木桩加外衣。
披上新装能护卫，贪婪白蚁不能欺。

政府下令当地居民要保护木桩

木桩重要不能丢，政府沿途布置周。
告诫人民桩要护，宣传效果喜一流。

蚂蚁夜袭帐篷

一

荒原蚂蚁异常多，大小体型别有格。
庞大蚁群寻美味，夜间嗅到灶台锅。

二

蚁群无数进帐篷，爬到厨房各角落。
锅碗瓢勺炉灶具，油糖米面乱爬过。

三

厨房师傅后勤人，全部起床抄家伙。
扫帚树枝一起上，又拍又打紧忙活。

四

喷灯火焰急横扫，开水哗哗上下浇。
几位忙了大半夜，方才战胜蚂蚁魔。

蚂蚁搬家

一

蚁群一次大搬家，半夜帐篷蚂蚁爬。
蚊帐周围床上下，办公桌上黑压压。

二

有的蚂蚁攻击人，钻进裤腿狠命叮。
叮咬人身不松口，猛拍打死口才松。

三

三个小时战蚂蚁，驱逐拍打不曾停。
死伤部分不多见，多数匆匆逃性命。

采采蝇（tsetse fly）

猛蝇采采莽原生，看似平常绿豆蝇。
口管吸食人畜血，传播嗜睡让人惊。

遭遇采采蝇飞入车窗

腰果之林吉普行，车窗钻入几飞蝇。
手疾眼快忙扑打，躲闪不及已被叮。

马坎巴科附近的脚痘

脚趾甲沟突涨疼，鼓包粒状白蒙蒙。
切开起获卵一串，仔细观察蚤寄生。

抢修沿线疏通道路

一

三国协议有规定，沿线疏通靠地方。
地方有时不够快，中国主动自行上。

二

无路可通徒步行，抢修道路打冲锋。
铁锹大镐柴油锯，铺路架桥早抢通。

三

交通部长卢辛迪，闻讯赶来到现场。
高度赞扬战困难，号召当地学榜样。

四

中国带队表决心，不惧前方有困难。
能把铁路建设好，部长听闻笑开颜。

公路花絮

沙土公路

铜锭挂车油罐行，小心搓板警觉坑。
扬尘滚滚车驰骋，险象环生一路惊。

铜锭挂车

铜锭产于赞比亚，跋山涉水港边发。
司机两位轮番驾，血汗几多奔海涯。

油　罐

油料奇缺赞比亚，全凭油罐喂国家。
跋山涉水惊魂路，进口原油海港发。

吉普夜间抛锚丛林

吉普抛锚月色中，丢魂落魄悚神经。
兽群嚎叫不期至，远近飘移绿眼睛。

1968 年 6 月，连续发生四起车祸

坦桑总队四车祸，平地翻车滚路基。
车辆救援翻半道，人伤车毁众人急。

铁道部派出给部长们开车的老司机

派来四位老司机，总队分队各一名。
部长司机真老练，安全驾驶众心宁。

大北公路铺沥青

一

大北公路沙土路，失修久矣叹多坑。
坦桑邀请美德意，分段合同铺沥青。

二

沥青铺面换新容，高速驾车如驭风。
附近难寻参照物，疏忽片刻有灾生。

1969 年 8 月，奇遇坦桑尼亚尼雷尔总统

一

三人公路驾车行，不料抛锚路侧停。
马坎巴科营地远，首都千里是前程。

二

司机仔细检修车，油路水电逐项清。
查遍问题没暴露，但车原地不能行。

三

忽然身后有车停，走下一人很热情。
询问车子何故障，无能为力修不成。

四

征尘滚滚火烧心，相遇途中格外亲。
请上我车咱顺路，咱们中坦一家人。

五

三人商量搭车行，留下司机车上等。
我与刘工搭便车，省城通话求接应。

六

省城就是伊林加，搭上便车聊不停。
车主原来是省长，对华友好最真诚。

七

此行省长何公干？直赴机坪迎总统。
总统视察他在侧，欢迎总统走基层。

八

热情省长甚机灵，邀请我们机场行。
一起机坪迎总统，两国友谊再提升。

九

无边原野驾长风，省长车中结友情。
中坦同心谋铁路，欢声笑语甚轻松。

十

直奔机场停机坪，早有高官列队等。
新到三人忙加入，重排队列迎总统。

十一

天空出现小飞机，缓缓下降落机坪。
总统一行旋梯下，招手答谢迎宾情。

十二

热情省长走前迎，汇报途中插曲情。
介绍我们给总统，一一握手笑盈盈。

十三

原来省长热心人，公务同时帮外宾。
直赴机坪迎总统，两国友谊更加深。

营地花絮

1968 年 9 月中旬，坦桑尼亚卢辛迪部长、中国驻坦桑尼亚使馆临时代办周伯萍、坦赞铁路勘测设计队政委靳辉视察二、三分队工地。

视察营地

一

一九六八九月中，中坦官员来视察。
头顶骄阳红似火，测量工地汗飞花。

二

两顶帐篷特意搭，人人夜宿姆潘加。
狂风大作降零度，一条毛毯冷磕牙。

使馆为勘测设计队赶制 80 多条棉被

一

夜眠帐篷莽原中，毛毯哪敌寒气浓。
当即通知全使馆，急需棉被快加工。

二

棉花布匹购齐整，全馆动员飞线缝。
棉被八十情万丈，专车直送御寒风。

驻坦桑尼亚大使仲曦东到营地讲话印象

一

将军大使感人深，尽显轩昂精气神。
犹记点睛一句话，高空顶点看乾坤。

二

事故频发何所惧，非凡胆略走天涯。
青山处处埋忠骨，英勇卓绝报国家。

三

工程质量过得硬，暴露自然风雨中。
考验时时随处在，纹丝不动永青松。

四

工程质量过得硬，不怕挑剔下硬功。
休想敌人不找事，从严掌握杜稀松。

五

工程质量过得硬，历史长河风浪中。
淘尽千年回往事，方方面面好名声。

1968 年 10 月，铁道部成立援外办公室

工程项目谁来办，承建当然铁道部。
下设援外办公室，李轩主任总调度。

1969 年 7 月，铁道部派出以布克为组长的中国铁路工作组

一

一九六九七月间，布克远航飞坦赞。
宣布成立工作组，受权领导掌全盘。

二

传说布克老革命，布克本来是化名。
经历"文革"刚解放，摆脱批斗获新生。

工作组构成

一

坦赞铁路工作组，下设只有四个组。
办事组、生产组、政工组、后勤组。

二

没有局处科，机构都叫组。
大组套小组，上下一般粗。

妙解难题

1. 真空制动还是空气制动

坦赞双方称弟兄，机车制动引纷争。
真空空气俩方法，都欲己方占上风。

2. 依靠群众

总理高明依百姓，难题批转到基层。
机车车辆二七厂，研制成功两用型。

1970 年 7 月，
三国审议《坦赞铁路勘测设计报告》

一

两年十月近三年，勘测设计终告成。
一九七零七月份，三国审议在北京。

二

中国专家只三人，包括总工陆大同。
经历考察和勘测，主持设计统全程。

三

坦赞专家很多人，实践不多年纪轻。
都是出身酋长户，英国名校留学生。

四

三国专家三方坐，严肃认真责不轻。
桌上摆着计算器，这一场面让人惊。

五

关于选线怎评估，坦赞专家观点明。
相比中国新线路，"英加报告"夺先声。

六

中国专家很沉着，早对"英加报告"熟。
发现问题真不少，太低标准让人忧。

七

英加选线有瑕疵，多段易于事故生。
因而安全无保证，这一道理早应明。

八

中国报告根基厚，勘测设计下苦功。
尽量发挥到最好，实实在在贯全程。

九

对方审议像考官，中国答辩如考生。
有些考题太肤浅，有些考题太基层。

十

中国专家有能耐，一步一步慢慢谈。
谈到凌晨约一点，才将报告审议完。

十一

坦赞专家谈感受，中国报告好很多。
英加报告没得比，赞赏佩服我中国。

十二

三十四次月儿圆，图纸最终描绘全。
设计高明赢赞赏，服了坦赞专家团。

《坦赞铁路勘测设计报告》和《竣工结果》对照表:

设计:线路按单线设计,轨距 1067 毫米,每米 45 公斤的钢轨。

竣工:达标。

设计:坡度为千分之十和千分之二十两种。

竣工:达标。

设计:坦赞铁路全长 1859 公里(其中坦桑尼亚段 977 公里,赞比亚段 882 公里),铺轨总长度 2042 公里。

竣工:坦赞铁路全长 1860 公里,铺轨总长度 2044 公里。通信电线路 1941 公里。

设计:桥梁 300 座,共 14250 延长米。

竣工:桥梁 320 座,共 16520 延长米。

设计:隧道 19 座,共 7850 延长米。

竣工:隧道 22 座,共 8898 延长米。

设计:涵洞 2197 座,共 39600 延长米。

竣工:涵洞 2239 座。

设计:房屋建筑 32 万平方米。

竣工:房屋建筑 37.64 万平方米。车站 93 个。

设计:土石方量 8881 万立方米。

竣工:土石方量 8887 万立方米。(如果把这些土石方筑成 1 米高 1 米宽的长堤，可绕赤道两周多。）

设计：钢材 35 万吨。

竣工：钢材 32 万吨。

设计：木材 15 万立方米。

竣工：木材 14 万立方米。

设计：水泥 33 万吨。

竣工：水泥 65 万吨。

设计：配备液力传动内燃机车 102 台，货车 2100
辆，客车 100 辆。在达累斯萨拉姆和赞比亚境内的姆
皮卡，各建机车车辆修理厂一座。

竣工：安装各种设备 5097 台（套、组）。各种材料、
物资达 150 多万吨，油料 30 多万吨。办公家具接近
1 万件。

设计：铁路输送能力在通车时为每年 200 万吨（每
个方向 100 万吨），远期为每年 500 万吨（每个方向
250 万吨）。

竣工：达标。

设计：全线使用机械施工，约需 4450 万工日。

竣工：中国在坦赞铁路建设最高峰的时候投入了
1.6 万人。而在国内完成类似的工程都需要上百万人，
因为国内的机械化程度比较低。算人次是 5 万人次，

加上雇的当地人，一共投入了约 10 万人次。

设计：总投资人民币 9.88 亿元。

竣工：实际造价，由于施工过程中工程量增加和物价、工资上涨等原因，超过了原定贷款金额约 1.06 亿元人民币。经过友好协商，中国政府同意无偿承担超出部分的费用。

设计：6 年。

竣工：5 年零 7 个月。

李轩和吕学俭向国内报告

1．基达杜做起点的问题

新旧铁路联运难，不同轨距不堪连。
巨额客货怎移动，费事费时绕大弯。

2．达累斯萨拉姆做起点的好处

百万吨货自中华，达港装车工地发。
沿线西南连续修，一年修到姆林巴。

3．两个起点方案的距离

几番研讨细思辨，两个地方来比选。
起点东移三百里，直达东部海沿岸。

4．国内马上批准了这个方案

达累斯萨拉姆港，坦赞铁路新起点。
就从海港西南修，码头装运最方便。

坦赞铁路开工典礼

1970 年 10 月 26 日上午，
在坦桑尼亚达累斯萨拉姆举行开工典礼

坦赞铁路举行两个开工典礼

一

三国政府磋商定，打破常规迥不同。
铁路终端有两个，两番典礼庆开工。

二

巧绘蓝图千里龙，开工典礼点龙睛。
分别两个开工礼，全线铺开串串营。

1970 年 10 月 26 日上午
在坦桑尼亚达累斯萨拉姆开工典礼会场

天空晴朗旭日升，欢乐人群满笑容。
会场扬博编组站，六千宾主庆开工。

欢迎队伍排成龙，热烈气氛振长空。
群众载歌且载舞，民族服装色彩明。

三面国旗辉四方，三幅画像志昂扬。
载歌载舞鼓声伴，阵阵欢呼似海洋。

主席台在正中央，灿烂阳光格外强。
左右两边横巨板，令人瞩目细端详。

右边红底托白字，中英双语上下对：
中、坦、赞三国人民友谊万岁！
左边一幅大地图，坦赞铁路贯通看。

台前坐满来宾席，党政军等尽高官。
驻坦使节一大片，各国记者对光圈。

台周满满是人群，节日衣装好打扮。
越过人群向前看，一段路基光闪闪。

平坦宽阔又笔直，闪闪银光很耀眼。
白沙洒水又压实，特殊处理路基面。

　　开工典礼一开始，尼雷尔、卡翁达和方毅，一起来到主席台前正中央。由尼雷尔亲手立起了镌刻着坦桑尼亚总统、赞比亚总统和中国政府代表团团长名字的奠基石碑。这时，会场上掌声雷动，欢呼声不绝于耳。回到主席台上，两位总统和方毅一起在前排就座。

尼雷尔、卡翁达先后发表讲话，他们以生动的语言，阐明了修建这条自由之路，对于坦、赞两国巩固民族独立、发展民族经济的重要意义。他们分别代表坦、赞政府和人民，对中国政府提供无息贷款、派遣工程技术人员帮助修建这条铁路表示由衷的感谢和敬意。

接着，由方毅讲话。他怀着激动的心情，庄严地代表中国政府宣读了经周总理亲自修改、审定的讲话稿。

方毅指出：坦赞铁路，是连接坦桑尼亚和赞比亚两个兄弟国家一条重要交通干线。这条铁路的建设，对于坦、赞两国发展独立自主的民族经济，增进彼此间的友好合作，加强反帝、反殖的共同斗争，具有深远的意义。帝国主义及其代理人，对于中、坦、赞三国友好关系的不断发展和三国合作修建坦赞铁路，是很不高兴的。我们相信，只要我们三国政府和人民保持警惕，紧密合作，共同努力，它们的破坏阴谋是一定不会得逞的。坦赞铁路是一项宏伟而又艰巨的工程。我们已经取得的成绩，只是万里长征开始走了第一步，今后的任务更繁重、更艰巨。坦、赞人民是勤劳勇敢的人民，是具有反帝、反殖光荣传统的人民。在修建过程中，无论出现什么样的困难和曲折，坦、赞人民在尼雷尔总统、卡翁达总统及坦、赞两国政府的领导下，一定能够排除万难，去争取胜利。中国政府和人民，一定同坦、赞两国政府和人民一道，努力奋斗，争取在较短的时间内，把这条铁路胜利地修建成功。

　　开工典礼满宾朋，演讲高扬正义声。
　　不惧帝殖施伎俩，浩然之气引欢腾。

　　三国团长讲话结束后，大会主持人宣布，将由卡翁达总统亲自驾驶铲运机取土作业，宣示坦赞铁路正式开工。

　　三国团长致辞后，大会主持来宣布。
　　将由总统卡翁达，亲自驾驶铲运机。
　　取土作业做宣示，铁路正式已开工。

　　铲运机群四十台，主席台前方阵排。
　　斗里满满装了土，方阵前方又一台。
　　这台崭新铲运机，像是雁群领头雁。

健步走来卡翁达，走过红毯上木梯。
扶着栏杆慢登攀，登上这台铲运机。

巍然站在履带上，挥动手帕致敬意。
记者追随拥向前，照相摄影抢时间。

弯下身躯卡翁达，敏捷钻进驾驶间。
趋前稳坐驾驶位，中国司机在旁边。

向着司机点头笑，示意他可启动了。
其余四十铲运机，随即启动同步调。

总统驾驶铲运机，全场欢声伴朝阳。
驶向指定填土场，斗里填土卸个光。

绕道开往取土场，铲起满满一斗土。
回到启动原地方，走下木梯回原路。
尼雷尔方毅迎上来，三人紧紧手握住。
　　正是：

铲车雁阵四十台，头雁一台总统开。
绕场一周揭序幕，土方开战喜心怀。

雁阵四十铲运机，每台配备俩司机。
坦桑司机来驾驶，中国司机旁边立。

坦桑司机刚学成，培训课程两月余。
办了一个实践班，白天动手来实习。

办了一个理论班，晚上学习各原理。
西方就教怎操作，中国叫你知根底。

启动挂挡进或退，一点一点教原理。
没有书本作教材，现场讲解现翻译。

当地工人反映好，只有中国教原理。
学了原理心有底，自己动手能修理。

老式开启发动机，拽拉绳子启电机。
坦桑兄弟练得苦，百分之百成功率。
　　正是：
开工典礼成功办，多亏彩排辛苦练。
总统交谈很自豪，坦桑有了工人了。

坦桑总统乐开怀，喜看雁群扑面来。
目不转睛尼雷尔，注视每台铲运机。

发现四十铲运机，台台配备两司机。
中国坦桑各一人，驾驶司机坦桑人。

铲运作业一圈后，总统招手—司机。
司机停驶下了机，译员倾耳听仔细。

总统司机怎对话，敏捷低声转方毅。
总统询问坦司机，以前会驾铲运机？

司机恭敬回总统，以前不会刚学成。
参加坦赞铁路后，师傅教我如弟兄。

总统指着铲运机，司机都是坦桑人？
司机点头说都是，有的来自伊林加，
有的来自姆贝亚，还有来自多多马。
他们与我都一样，建设铁路为国家。
喜看徒弟技能好，情不自禁总统笑，
异常兴奋与自豪，连声赞扬教得妙。

尼雷尔总统连声道："我们有了自己的产业工人！
我们有了自己的产业工人！"

接着叮嘱众司机，刻苦认真学技艺。
高超技术要学习，高贵品质要牢记。

铲运机械开走后，尼雷尔激动地告诉身旁卡翁达：

坦赞铁路建成后，自由之路就有了。
技术队伍也有了，作用之大不得了。

坦桑总统很兴奋，然后转身告方毅。
派来专家帮我们，感谢主席和总理。

不仅帮助修铁路，而且培训技术工。
你们相比西方人，最大不同是真诚。

援助没有附条件，项目建成交我们。
还教我们怎维护，怎么管理怎运营。

掌声欢呼雷鸣般，开工典礼进行完。
贵宾官员和记者，隧道工地去参观。

浩浩荡荡车流急，沿着路基十六里。
临时道路十三里，到达隧道一工地。

隧道地名瓦加玛，两端成洞四十米。
参观隧道结束后，登上山顶一驻地。

来到临建敞棚里，喝些饮料用快餐。
餐后稍事做休息，转到工棚看仔细。

餐后稍事休息期间，尼雷尔总统、卡瓦瓦副总统和方毅、郭鲁还有坦桑尼亚的几位部长一起来到中国工程技术人员住的简易工棚。

工棚没用瓦楞铁，没用苇席很新颖。
自力更生大发扬，就地取材辟新径。

树条编成篱笆墙，抹上泥巴做支撑。
割来茅草苫屋顶，巧手构建简易棚。

总统眼睛湿润了，紧紧握着方毅手：
访问贵国已两次，奋斗精神印象留。

经常思考学中国，奋斗精神怎掌握？
坦桑人口千多万，不能人人去中国。

今天找到一办法，坦赞铁路刚启建。
他们可以来参观，中国专家勤示范。
什么叫自力更生，什么叫艰苦奋斗！
一一摆在你面前，可贵精神记心间。

尼雷尔松开方毅手，转身便对卡瓦瓦说：

首先部长轮流来，看看专家怎工作，
住在怎样宿舍里。后向方毅做解说：

当初英国殖民者，被迫无奈交政权。
奢侈排场官僚气，交给我们往下传。

工作态度中国好，生活作风中国好。
可以教育部长们，怎叫为人民服务。

尼雷尔的一席话，引起方毅感悟深：
看来住在简陋棚，没给祖国丢了脸。
结果恰恰正相反，却为祖国争光彩。

尼雷尔的眼睛湿润了

眼睛湿润动何情，自力更生简易棚。
感叹专家当宿舍，坦桑尼亚要传承。

开工典礼的每项活动都按预定计划圆满地完成了。当天晚上，尼雷尔在总统府举行盛大的招待会，庆祝坦赞铁路胜利开工。卡翁达和他率领的赞比亚政府代表团，方毅率领的中国政府代表团，坦桑尼亚党、

111

政、军高级官员，各国驻坦外交使节和新闻媒体的记者都应邀出席。在场的坦、赞朋友无不兴高采烈。一些友好国家的使节纷纷向方毅表示祝贺，盛赞中国作为一个发展中国家，为了非洲的民族解放事业，为了帮助坦、赞独立自主发展民族经济，作出援建坦赞铁路这一历史壮举。

10 月 27 日下午，方毅和代表团成员应邀乘坐尼雷尔总统的专机，与坦桑尼亚政府代表团一同前往赞比亚。经过不到一个小时的飞行，便降落在卢萨卡国际机场，受到卡翁达总统和赞比亚党、政、军高级官员和许多穿着节日盛装、载歌载舞的群众的热烈欢迎。方毅一行是中、赞两国建交后中国政府派出访赞的第一个部长级代表团，受到赞方的破格接待。方毅和尼雷尔及少数随从人员被安排在总统府国宾馆下榻。代表团其他成员被安排住在当地最高档的洲际旅馆。晚上 6 点，卡翁达和夫人在国家宫举行盛大招待会，欢迎尼雷尔率领的坦桑尼亚政府代表团和方毅率领的中国政府代表团，庆祝坦赞铁路开工。赞比亚党、政、军高级官员和不少国会议员、各国驻赞外交使节应邀出席。招待会结束后，卡翁达和夫人又在洲际旅馆宴请坦桑尼亚代表团和中国代表团。

1970 年 10 月 28 日上午，在赞比亚卡皮里姆波希开工典礼会场

霞光万道喜洋洋，方毅一行驱车往。
行驶一百多公里，到卡皮里姆波希。

奠基典礼在赞比亚境内，卡翁达总统来主持。卡皮里姆波希车站，位于赞比亚中央省，是坦赞铁路终点，接轨赞比亚既有铁路。

上午 10 点，卡翁达和尼雷尔、方毅一起来到会场正中央，由卡翁达亲手立起了镌刻着两位总统和方毅团长名字的奠基石碑。然后，回到主席台上，卡翁达、尼雷尔和方毅先后发表了热情洋溢的讲话。赞比亚党、政、军高级官员和国会议员、各国驻赞外交使节和新闻媒体的记者，以及各界群众共五千多人参加了庆典活动。会场气氛与前天在坦桑尼亚举行的开工典礼一样热烈隆重。

未来车站广场上，奠基典礼正举行。
坦赞铁路大工程，三国合作乘东风。

签订协议到开工，只用三年似奔腾。
非洲大陆引轰动，也使世界为之惊。

113

迎宾乐曲荡长空，满座高朋尽笑容。
再次奠基宣世界，铁龙首尾俱开工。

坦、赞两国的新闻媒体和世界许多国家的报刊、通讯社，对先后在坦、赞两国举行的开工典礼和奠基典礼作了大量报道和评论。乌干达、肯尼亚的舆论认为，这条铁路将促进东非的团结合作，有利于反帝、反殖事业。南非当局和一些西方大国对坦赞铁路的胜利开工惊恐不安。它们的报刊在对中国造谣中伤的同时，也不得不承认：通过修建坦赞铁路，中国在非洲的影响大大加强了。

中国政府代表团继续视察

伊法卡拉一工地，方毅一行来视察。
观看路基正清障，原始森林树难伐。
林木树干超粗大，根基很深不好挖。

工地队长做介绍，国产机械马力小。
推土铲运吃不消，参天大树难推倒。
树干锯断搬走后，大量人力把根刨。
施工进展实缓慢，队伍上下心里焦。

为了打好第一仗，1971 年保通 502 公里，方毅赞同郭鲁和铁路工作组的意见，即从国外购置大马力推土机、铲运机和大吨位的载重卡车。回国后，他立即向周恩来、李先念做了汇报。国务院批准了外经部和交通部的报告，决定从意大利等国转口。不久，这批大型施工机械运到工地，筑路大军如虎添翼，大大加快了修筑路基的进度。

土石铲运万千重，机械施工第一宗。
现汇购得强马力，大军筑路虎成龙。

这个决策无疑对坦赞铁路首战取胜修通达姆段及以后加快全线施工进度起了重要作用。

那天离开建筑工地，方毅来到曼古拉的混凝土轨枕厂、木材加工厂、机械修理厂。这三大临建设施是专为坦赞铁路施工服务的，配备了国产最好的机器设备，其水平高于国内铁路建设工地的同类工厂。方毅看了甚为满意。

他又来到机修厂援外职工的生活区，看到他们就地取材，自己动手搭建的一排排席墙草顶的工棚，十分赞赏。他特地走进一间开着门、里面有人的宿舍，想亲身感受一下在热带地区住在这样的简易工棚里，室内环境究竟如何。由于每间屋子前门后窗通风对流，所以在里面并不感到闷热。

他坐在职工们自制的简易木床上，与工人亲切交谈，询问集体伙食办得好不好？又问他们出国后家里有没有困难？随后，他对在场的铁路工作组领导说，要号召全线各地的援外职工，像曼古拉机修厂这样，发扬自力更生、艰苦奋斗精神，自己动手，就地取材，搭建这样的工棚，把生活基地建设好，为国家节省援外资金，为坦赞铁路降低建设投资。

这时，他讲起了那天开工典礼后，尼雷尔总统在瓦加玛隧道工地，参观那里的援外职工自己动手搭建的工棚时对他说的一番由衷感谢的话。方毅说，这样做不仅为国家节省制作活动房屋所用的大量钢材、木材和从国内运到这里的运费，而且将会在坦、赞两国产生良好的政治影响。

后来，铁路工作组党委作了认真研究，向各级干部和全体援外职工传达了方毅的指示，广泛深入地开展了艰苦奋斗、勤俭办援外教育，消除了援外职工中开始露头的讲排场、比阔气、"出国援外应该像个专家样"的思想。在坦赞铁路建设过程中，中国援外人员厉行节约、艰苦奋斗的作风，受到坦、赞领导人，当地员工和工地周围群众的普遍赞誉。

方毅赞扬简易工棚

席墙草顶搭工棚，室内门窗空气通。
简易木床全自制，专家陋室最光荣。

11月11日中午，尼雷尔在总统府再次会见方毅和郭鲁，进行了一个多小时亲切友好的交谈。方毅向尼雷尔介绍了前一天去坦赞铁路工地了解的情况，并说：我们要求我国工程技术人员更加努力工作，加快进度，早日把铁路建成。我在曼古拉只参观了一天，郭部长在那里多待了几天，他可向阁下报告一下那里的进展情况。

郭鲁便进一步介绍说：曼古拉地区的各项工程进展很顺利，路基工程预计今年可完成100公里。我们与铁路工作组商量，如组织得好，进展顺利，计划明年底前，把铁路从达累斯萨拉姆修到姆林巴，并且开通工程车运送铁路建设物资。

尼雷尔和在座的三位部长听了很振奋，高兴地说：好极了，这是很大的工作量呀！

117

郭鲁说：当然这并不等于这 502 公里铁路完全建成，还需要做扫尾配套工作。接着他又相机提出了使当地工人固定下来的建议。

郭鲁说：现在全线已有二千名当地工人掌握了一定的技术，能独立操作。目前存在的问题是，招来的当地工人都是临时工，为期三个月，所以他们不安心。要选择一些好的工人，固定下来，这样他们工作安心，学习技术就更有兴趣了。我们也可以注意着重培养他们掌握技术。

尼雷尔说：这很重要，工人要固定下来。你们在传授技术方面从无保留，我们很欣赏。

方毅接着说：我们认为，我们的技术人员不仅要把项目建成，还应把技术传授给当地工人，使他们能完全掌握，不要依靠外人，这样才算完成任务。如果只把项目建成，而没有把技术传授给当地人，就不能算是完成任务。一个国家必须有自己的技术队伍。有了这支队伍，事情就好办了。所以，我们觉得为坦桑尼亚培养技术人才，使他们掌握技术，今后能独立工作，比建成一个项目更为重要。

尼雷尔说：我完全同意这种看法。

中坦约定当地民工要固定

两千当地临时工，谁愿仨月归务农？
鼓励安心学技术，择优录取延合同。

11 月 16 日晚，方毅一行圆满结束对坦桑尼亚的
友好访问。

坦赞铁路施工大会战花絮

施工进度

1. 1971 年修建 502 公里

第一区段跨洪荒，地质地形多异常。
热带雨林增困难，开局顺利志昂扬。

一年左右铺轨快，五百公里通全段。
首战告捷士气高，源源供料不间断。

2. 1972 年修建 157 公里

东非裂谷世闻名，峻岭崇山千万层。
智叟愚公齐苦战，铜墙铁壁筑工程。

3. 1973 年修建 317 公里

两年经验虎添翼，八月直扑边塞城。

年底到达卡萨玛，两国一片踏歌声。

4. 1974 年修建 684 公里

施工决胜在今年，铺轨工程飞向前。

钢轨明年应确保，急催供货守时间。

5. 1975 年修建 200 公里

铺通预定半年完，收尾半年配套全。

钢轨机车齐到货，凯歌高奏响云天。

6. 1976 年 6 月比计划工期提前五个月完成

六年任务巧盘算，五大工区用五年。

加上半年来扫尾，提前五月两国连。

坦赞铁路总工期计划 6 年，全线分为五大区段，依次由东往西施工，争取提前完成。具体施工情况是：

从开工之日起至 1971 年末，修通达累斯萨拉姆至姆林巴段 502 公里。这段线路长，地形地质情况复杂。中、坦双方人员密切合作，艰苦奋战，克服在热带雨林气候条件下筑路的种种困难，于1971年底修通，夺得了开工后第一年振奋人心的胜利。大大鼓舞了全体施工人员的斗志，积累了宝贵的经验，为加速重点区段姆林巴至马坎巴科段的施工创造了有利条件。

1972年修通姆林巴至马坎巴科段157公里，此段地处高山峡谷，跨越东非大裂谷，是全线施工最困难的路段，对整个工期具有决定性影响。中、坦两国施工人员以高昂的斗志和坚韧不拔的毅力，在崇山峻岭间，与淤泥顽石、烈日暴雨又苦战了一年。一些西方国家的工程技术专家参观姆马段后，称赞"那是铜墙铁壁般的工程"，"只有修建万里长城的中国人才能做出这样的工程"。

1973年修通马坎巴科至通杜马（边境站）段317公里，争取年底提前进入赞境。由于有了修建达姆段、姆马段的经验和创造的条件，施工顺利地迅速展开，当年铺轨工程跨越边境进入赞比亚境内，年底就铺到了卡萨玛。

1974年修至赛伦杰。1974年春天，正当铁路施工进入决胜阶段，铺轨工程正迅速展开、国内生产形势也逐渐好转走向正常的时候，武汉地区派性争斗重起，工业生产再度陷于瘫痪。承担坦赞铁路专用钢轨生产任务的武汉钢铁公司也重新陷于停工停产。坦赞铁路最后 200 公里线路所需的钢轨亟待安排生产。此时，方毅焦急万分。他亲自与冶金工业部、湖北省的领导电话商量，并与交通部领导共同决定，立即派李轩和吕学俭去武汉，向省、市领导和武钢的领导汇报坦赞铁路施工进展和现场急需钢轨的情况。省市领导研究决定，将炼钢生产任务转到汉阳特殊钢厂。李、吕二人又到该厂和武钢的轧钢厂，直接向干部职工做紧急动员。两厂的干部职工顶住压力，排除干扰，日夜坚持生产，终于按计划完成了炼钢、轧钢任务，保证了钢轨的如期供应。

1975 年 6 月 7 日，修通最后一个区段，到达终点新卡皮里姆波希。国内钢轨和机车按质按量地及时供应确保了全线铺轨任务的完成。

经过一年的工程收尾、设备配套和试办运营等工作，坦赞铁路全线各项工程于 1976 年 6 月胜利完成，比计划工期提前了五个月。

施工高潮

1. 海上运输

客货轮船加快赶，运输航次连轴转。
科学调运保工期，逾万工人到坦赞。

2. 下船直奔工地

渡过海洋万里遥，下船上岸奔荒郊。
争分夺秒进工地，重担千钧马上挑。

3. 铁道部派彭敏副部长坐镇

延安时代老英雄，建设礼堂曾立功。
坦赞工程来坐镇，专攻难点路桥通。

援建坦赞铁路工作组副总工程师陆大同回忆道：当时铁道部为了抢通这 502 公里，除了在国外设立指挥部、工作组以外，还专门派了副部长彭敏坐镇。这个决定发挥了很大的作用，因为我们工作组的领导干部都是局级干部。组长布克是正局级，而其他施工单位也有一些领导是正局级。铁道部派彭敏坐镇，有些事情就比较好处理了。如果当时彭敏没在的话，鲁依帕河大桥 6 号墩的事故处理起来就有困难，因为大家的看法不是一时半会儿就能统一的。鲁依帕河大桥是坦赞铁路全线最长的桥，也是坦赞铁路第一段 502 公里通车很关键的桥。6 号墩的沉井架的基础应该是直的，但后来发现沉井歪斜了。应该采取什么样的应急措施？国内的做法是爆破，炸掉桥墩，然后重新修。但由于时间进度要求，我们和施工单位一起研究，找到了一个笨办法，就是在斜的沉井外面再套一个大沉井。大沉井的直径是 14.6 米。这是当时采取的措施。当然，也可以采用其他的变通办法，比如在大桥旁边另外做几根柱子，它们的受力、稳定性还是可以的。但是这样的话整个桥形就变了，很不好看，而当时的要求是工程既要牢靠，还要美观。他比较关心勘测设计的事情，一到现场，首先跟勘测设计部门联系。为什么？因为最了解情况的就是勘测设计部门。他去了以后，我陪同他处理这起事故，向他介绍情况，商量该怎么处理。后来，这起事故很快解决了。

路基施工工地见闻

1. 推土机

推土机鸣挥巨铲，施工现场现奇观。
削高填堑加油干，一举两得路拓宽。

2. 爆破碎石

遭遇巨石何高见？巧施爆破巨石坍。
碎石随后充沟壑，黏土碎石交错填。

3. 铺道砟

压路机前伸巨碾，向前滚滚轧新填。
再铺道砟路基妥，只待轨排落上边。

大桥施工工地见闻

1. 建设在无水地带的引桥

旱地引桥容易建，群桩夯入铸基坚。
钢筋浇筑混凝土，竖起桥墩肩比肩。

2. 建设在水中的桥墩

水内桥墩多险端，下挖需要早防淹。
巨型围堰节节下，不见基岩不算完。

3. 灌浇钢筋混凝土桥墩

插进钢筋横竖缠，混凝浆泵逐层填。
层层凝固节节壮，扎地桥墩上顶天。

4. 在桥墩上架梁

段段巨梁墩柱连，巨梁一串架云间。
彩虹美丽哪能比，铁轨卧云人变仙。

隧道施工工地见闻

1. 遇山开凿隧道

万丈大山横眼前，英姿飒爽来迎战。
组成隧道突击组，昼夜赶工挥热汗。

2. 坚固的岩体

坚硬岩石人喜欢，钻岩放炮最安全。
顶石稳固壁如铁，自力支撑隧道安。

3. 破碎的岩体

爆破碎岩多险端，塌方防范最为难。
山中隧道要牢固，加衬钢筋方保安。

铺轨机施工工地见闻

1. 静等铺轨机

路基道砟已铺齐，千里石龙横大地。
静等巨型铺轨机，铁龙指日腾飞起。

2. 铺轨机上的轨排

长臂巨型铺轨机，施工快速世称奇。
如叠罗汉轨排摞，码放整齐只待提。

3. 铺轨机轻轻抓提

一组轨排整体移，龙门吊臂好抓提。
轻轻移动伸出去，稳稳当当落路基。

工地培训中国土翻译

一

施工达到最高峰，中国工人一万六。
类似工程在国内，可能需要百万名。

二

提倡施工机械化，积极购自各国家。
工人驾驶巨无霸，如虎添翼猛进发。

三

中国派遣技术员，五万人次来坦赞。
相互交流靠翻译，方知具体怎么干。

四

斯语翻译几十名，英语翻译一百多。
斯语交流遇瓶颈，必须立即想新辙。

五

坦桑兄弟大批上，斯语翻译百处忙。
无奈分身无术也，集中大队办学堂。

六

斯语翻译很聪明，决心培养土翻译。
选择分队年轻人，硬着头皮学斯语。

七

自己编了两本书，一本发音打根基。
一本短语供实习，二十二课一学期。

八

后面附加几首歌，中坦歌曲练斯语。
边唱歌曲边认字，课堂活跃真提气。

九

中国歌曲早传颂，斯语填词味韵浓。
《大海航行靠舵手》，《下定决心》《东方红》。

十

这些歌曲很流行，坦桑民工都会哼。
更有唱得实在好，汉斯双语互学通。

十一

斯语文字是拼音，中国工人不认识。
使用中文标音调，读出八九不离十。

十二

月余斯语初级班，培养一帮土翻译。
分队之中成骨干，不输斯语本科生。

十三

施工大队都学样，办起语言培训班。
有了自家土翻译，解决沟通大麻烦。

十四

扫盲手册人人有，收工回来就翻阅。
更有规定每晚学，句句跟读土翻译。

坦赞民工学汉语

一

喜欢汉语善模仿，徒弟跟学师傅腔。
标准乡音来对话，犹如绝妙好双簧。

二

南腔北调中国人，一起交谈乡味强。
北调南腔师徒弟，混杂汉语笑发狂。

三

民工兄弟很聪明，天赋语言敏感型。
川沪京津俏皮话，刨根问底总查清。

汉语、英语、斯瓦西里语交替使用

大军筑路异常忙，迥异语言迥异腔。
三种语言交替用，眼神手势意飞扬。

战三烂

青黑草地烂泥深，脚踩淤泥即陷身。
为建路基施百计，清淤诀窍巨石沉。

注：烂路基、烂桥基、烂隧道，最严重的软土地段在坦桑尼亚姆马段。

铲运机、推土机、压路机操作人员顽强拼搏

一

气温蹿至五十度，驾驶室中汗淌流。
四壁高温如火烤，奋然前进不停休。

二

汗流浃背沤污浊，臀部发炎如受蜇。
晚上睡眠须侧卧，白天半坐驾机车。

工地夜景

非洲大地夜沉静，夜夜东非走火龙。
筑路大军齐奋战，辉煌灯火映长空。

是非洲兄弟把我们抬进联合国的

坦赞巨龙修建中，传来联大欢呼声。
非洲兄弟齐抬举，席位之争功告成。

　　1971 年 10 月 25 日深夜，联合国大会表决时，有 30 多个非洲国家投了我们的票。外交部当时还研究到底去不去联合国。有人说没准备好，先等一届，下届再去。毛主席说："要去。为什么不去？是非洲兄

弟把我们抬进联合国的。不会不要紧，跟打仗一样，在战争中学习战争。我们就去，马上去。"所以，我们代表团马上就出发了。到了纽约以后，大会正常日程停了一整天。大会场上非洲兄弟一个接一个起来发言，热烈欢迎中国。1972 年 2 月 21 日，美国总统尼克松访华。到达北京机坪之际，赞比亚总统视察坦赞铁路工地，是赞方的精心安排，还是纯属巧合，不得而知。

赞比亚卡翁达总统视察工地
（1972 年 2 月 21 日）

赞方总统率一行，再次亲临观进程。
恰巧全球争瞩目，美国总统到机坪。

赞比亚卡翁达总统领唱群众集会

载歌载舞鼓声扬，总统激情当领唱。
唱和起伏旋律奇，自由神曲非洲荡。

1972 年 4 月至 9 月，
中国铁路文工团慰问演出

1. 喜迎中国铁路文工团

中国铁路文工团，鼎鼎大名天下传。
杂技人人能看懂，掌声阵阵笑声甜。

2. 工地沸腾

施工顺利路伸延，工地喜迎杂技团。
精彩纷呈赢赞叹，欢欣鼓舞劲冲天。

3. 杂技《水流星》

一根绳子两端盅，清水随盅舞旋风。
上下翻飞无水洒，赢得一片赞扬声。

4. 杂技《火流星》

一根绳子两端盅，火种随盅生旋风。
忽灭灯光一片暗，流星闪闪乱翻腾。

5. 天津小伙观后自学杂技《水流星》

天津小伙太聪明，自备绳子拴两盅。
旋转同时抛上下，俨然新版水流星。

1973 年 8 月 27 日，晨曦染红了坦桑尼亚和赞比亚两国的边境城市通杜马，广场上彩旗飘舞，路基边鼓声喧天。妇女背着小孩，小姑娘挽着老人，教师领着学生，从四面八方潮水般涌来。坦、赞两国人民穿着节日盛装，庆祝坦赞铁路在坦桑尼亚境内全线通车，铺轨进入赞比亚。高大的铺轨机伸展着它那钢铁巨臂，吊着一节节轨排，沿着刚修好的路基向前挺进。一根根灰白色的水泥轨枕，似巨大的钢琴键盘，日夜弹奏着中、坦、赞三国铁路建设者团结战斗的友谊颂歌。坦桑尼亚总统尼雷尔和赞比亚总统卡翁达为通杜马隧道两侧的两块镶嵌铜字的大理石横匾揭幕，观看了在通杜马隧道赞比亚一侧铺设第一条钢轨的情景。坦桑尼亚交通和工程部长卢辛迪和赞比亚动力、运输和工程部长穆利基塔拧紧这条钢轨上的螺丝。赞比亚总统卡翁达抚摸着钢轨，满怀激情地说："坦赞铁路是友谊之路，毛泽东主席和尼雷尔总统是坦赞铁路的灯塔。"

铺轨进入赞比亚
（1973 年 8 月 27 日）

铺轨进入赞比亚，总统抚轨一句话。
坦赞铁路友谊路，中坦领袖是灯塔。

坦赞铁路技工学校

铁路施工正在忙，技工培训开学堂。
诸多工种都包括，准备运营挑大梁。

培训当地木模工人

木模房里飞木屑，培训徒工掀热潮。
锛锯斧凿熟练用，精雕不差半分毫。

抢运急需物资

钢铜食品待输送，海口三条仍闭封。
利用新铺生命线，加急抢运紧折腾。

在正式试运营之前，1974 年 4 月，坦赞铁路的铺轨工程已进入赞境内数百公里时，赞比亚原有的各个出海口均被殖民主义者封闭，不仅国内市场上包括食品等许多生活必需品严重短缺，而且铜也无法出口。

中国铁路工作组应赞方要求，采取措施，利用已铺通的线路和运送施工材料的机车、车辆，为赞比亚紧急抢运小麦、焦炭、钢材、铜锭等各种进出口物资 4.1 万吨；1975 年 8 月至 10 月，又运送了 3.19 万吨，为赞方解决燃眉之急。

在正式试运营期间（1975 年 10 月至 1976 年 7 月）不仅为坦、赞两国特别是赞比亚，运输了大量急需物资（计 36 万多吨）、输送了大批旅客（计 25 万人次），更重要的是检验了这条铁路的工程和设备，培训了生产和管理人员，形成了坦赞铁路局的运营管理机制，从而为正式移交创造了条件，为坦、赞两国独立经营管理这条铁路打下了基础。

据《方毅传》，1975 年 6 月 7 日，中国驻赞比亚使馆和铁路工作组电告国内，这一天，铺轨机把最后一排钢轨铺到了铁路的终点新卡皮里姆波希车站，并在这里与赞比亚既有铁路胜利接轨，提前完成了全线铺轨任务。参加铁路建设的广大援外职工要求将这一胜利喜讯立即报告毛主席、周总理。

电告国内全线铺通
（1975 年 6 月 7 日）

一封喜报越重洋，援外职工喜欲狂。
但愿直传中南海，再传总理病床旁。

1975 年百余人全力编制竣工文件

1. 启动文件汇编

前线施工捷报传，后方筹划编文件。
相关专业齐临阵，文件汇编来会战。

2. 竣工图汉英对照

翻开设计原方案，画上竣工实测线。
精细描摹双语注，竣工图纸卷连卷。

3. 图纸浩瀚

铁路绵延千里线，各型图纸累千万。
精兵强将团结紧，高奏凯旋今有盼。

4. 车队运图纸

蓝蓝图纸好鲜艳，卷册装箱皆井然。
多套文图仓库满，调来车队喜拉完。

坦赞营地写家书

1. 与国内通信

远隔万里大洋阻，一月难通一次音。
洲际家书亲情系，只言片语贵如金。

2. 信使

信使犹如天上神，凡人翘首盼来临。
专车迎候达使馆，早已聚齐取信人。

3. 连夜送信

筑路员工一万五，信装喜悦也装忧。
轿车连夜沿途送，原路返回回信收。

4. 难忘读信者的眼神

兼程送信越晨昏，千里风尘千里辛。
难忘当年读信者，喜忧参半陷深沉。

回国休假

1. 坦桑首都两日游

两年奋战在山沟，未见首都街景悠。
工地专门筹弥补，组织两日做一游。

2. 两年回国一探亲

牛郎织女热情高，农历七七上鹊桥。
坦赞中国隔万里，两年一度鹊桥潮。

3. 登船回国休假

两年援外周期到，带上行囊赴鹊桥。
挥手暂时别坦赞，归来再战逞英豪。

国外工资待遇

1. 坦赞兄弟纳闷

中国师傅皆模范，险重急难冲在前。
坦赞兄弟心纳闷，工资难道高云天？

2. 工资待遇

工资国内照章发，国外津贴国外拿。
干部工人一个样，四十元钱月终发。

3. 国外津贴

每人每月四十元，积攒两年亦可观。
外汇购得三大件，名牌实用不平凡。

  注：每人每月40元生活费，发当地货币折合116先令。多数人购买国内流行的三大件：手表、收音机和自行车。名牌指瑞士手表、日本半导体收音机和国产永久牌或飞鸽牌自行车。

4. 国外伙食费

每人每月五十元，圈养鸡猪开菜园。
余款购得食品类，罐头奶粉果糖全。

5. 回国礼品

罐头奶粉果糖全，积少成多吃不完。
积攒两年当礼品，家人好友品一番。

6. 工地自种蔬菜

集市菜蔬品种全，百人菜量可承担。
万人队伍焉能供，唯有拓荒开菜园。

7. 工地养猪养鸡

万人鏖战在前线，猪鸡蛋品供应难。
发扬传统搞生产，工地又添饲养栏。

周　末

1. 露天电影

露天电影上无棚，大月小星垂地平。
银幕高悬光影动，喇叭响亮扩原声。

2. 周末观看露天电影

披上棉装观电影，轮番"三战"伴星空。
台词经典广传诵，插曲无人不会哼。

注：《地道战》《地雷战》《南征北战》
三部影片放映最多。

3. 村民踊跃观看露天电影

村民闻讯笑颜开，路远相携有备来。
篝火点燃席地坐，肩披毯子暖心怀。

4. 村民爱看中国电影

村民能懂影中情，善恶分明泾渭开。
模仿台词装反派，欢声笑语戏连台。

5. 热门摄影景点

新建大桥风景美，崭新车站闪光辉。
人人周末忙拍照，遥寄亲人共梦飞。

6. 忆坦桑尼亚姆贝亚附近陨石

曾记郊游非远行，陨石静静草丛横。
乌黑发亮遭割锯，今日依然天作篷?

7. 坦桑巨型文竹

大厅之宝文竹王，枝蔓绵延十米长。
片片绿云别样美，众人留影寄家乡。

8. 忆工地业余偶读诗词

携带诗书到坦桑，闲时翻阅品华章。
色香味美身心悦，赞叹精神好口粮。

9. 想写难下笔

几欲吟诗难上腔，激情四射不成章。
朦胧诗意抓不住，迷在茫茫诗海洋。

坦赞铁路交接仪式
（1976 年 7 月 14 日）

　　1976 年 7 月 14 日上午，坦赞铁路交接仪式在赞
比亚中央省的新卡皮里姆波希车站隆重举行，总投资
9.88 亿人民币、凝聚着几万名中、坦、赞职工和工程
技术人员汗水的坦赞铁路胜利竣工。这是中、坦、赞
三国友谊的历史丰碑，我国支援非洲写下历史性的光
辉灿烂的一页。《中非关系史上的丰碑》第 247 页的
照片显示，赞比亚人民欢庆坦赞铁路建成，簇拥着一
块英文标语牌，深情地写着：

The Best Rail Train Crew in the World

Driver: Mao

Fireman: Nyerere

Guard: Kaunda

译文如下：

世界最佳铁路机务组

司机：毛

司炉：尼雷尔

卫士：卡翁达

卡翁达总统和赞比亚许多党政高级官员，尼雷尔总统和他率领的坦桑尼亚政府代表团，以国务院副总理孙健为首的中国政府代表团，扎伊尔总统蒙博托、博茨瓦纳总统卡马和他们率领的政府代表团，参加了交接仪式。

参加仪式的还有：赞比亚驻中国大使马西耶、坦桑尼亚驻中国大使卢辛德、中国驻赞比亚大使李强奋、中国驻坦桑尼亚大使刘春和中国铁路工作组组长布克，参加修建铁路的赞比亚、坦桑尼亚和中国三国的工人与工程技术人员、坦赞铁路局官员和赞比亚各阶层人民，以及各国驻赞比亚外交使节和非洲自由战士。共计一万多人参加了这一仪式。

卡翁达、尼雷尔和孙健先后讲话后，方毅、坦道和马波马分别代表各自政府签署了《坦赞铁路交接证书》，在全场热烈的掌声中，他们相互紧紧地握手，交换了文本。

这个交接仪式向世界宣告，由中国贷款援建的坦赞铁路，经验收合格，移交给坦、赞两国政府，并开始正式运营。为坦赞铁路投入的三国劳动力共有10多万人，中国先后派出工程技术和管理人员5.6万人次，高峰期间有1.6万中方人员在现场施工。有60多名中国工程技术人员和100多名坦、赞工人献出了宝贵的生命。

竣工典礼

竣工典礼放光辉，新鼓新歌新曲飞。
新路新桥新铁轨，中非友谊铸丰碑。

典礼场面热烈

风和日丽湛蓝天，歌舞赏心鼓乐喧。
万众欢呼新铁路，掌声雷动彩绸翻。

第一列列车

列车缓缓出车站，长啸汽笛飞九天。
挥手频频车渐远，欢腾鼓乐响依然。

赞比亚的一块标语牌

世界最佳机务组，司机就是毛泽东。
司炉烧火尼雷尔，执勤站岗是卡翁。

沉痛悼念为坦赞铁路而牺牲的烈士

英姿筑路写春秋，不幸捐躯热血流。
千古陵园菊永驻，纯真友谊耀全球。

纪念土方工毛忠满烈士

一

紧张忙碌土方工，指点铲车奔西东。
往返疾走争进度，飞身铲架挎车行。

二

背包卷入轱辘深，不幸把人带进轮。
事后骨灰分两份，两国洒泪葬忠魂。

三

异国之地埋忠骨，渐渐增多烈士墓。
一座陵园气肃然，后人凭吊花常驻。

153

缅怀水利专家组张敏才烈士

一

荒山野岭溯源奔，探问洪峰曾几寻。
野外用餐高树下，引来树上野蜂群。

二

司机快跑厨师逃，水利专家失脚跟。
跌倒再遭摔眼镜，毒蜂胡乱下蜇针。

三

蜇伤处处中毒深，抢救终难再复春。
忠骨壮年埋异地，后人追忆箭穿心。

怀念因车祸牺牲的烈士

一

各国道路总无穷，哪侧行车第一宗。
习惯中国开左舵，驾车坦赞恰非同。

二

晴天尘卷雨泥泞，常遇凹凸道不平。
大小汽车都赶路，超车刹那险情生。

三

货车巨重似长龙，长啸呼呼生旋风。
视线不佳超越险，万分危难内心惊。

悼念李景普等四烈士

一

闻听部下到坦桑，亲自接船迎老乡。
新手司机凡四位，五人吉普返南方。

二

突然对面驶车来，吉普司机心骤慌。
右转车轮遭惨祸，二车相撞四人亡。

三

痛哉景普遭压挤，解困之时存气息。
抢救没能活下去，处级烈士列名一。

悼念唯一被海葬的李新民烈士

一

穿行海浪奔前程，船上医生疾步行。
频视客房一病号，据传险恶难逃生。

二

多方抢救但无效，心脏停息生命终。
援外人员哀战友，低头无语意相通。

三

海风阵阵暗天空，甲板告别仪式隆。
沉痛悼词承未竟，泪别战友大洋中。

155

1976 年 9 月 9 日，毛泽东主席逝世，坦桑尼亚降半旗 9 天致哀

坦桑尼亚人民悼念毛主席

竣工铁路第三月，九九云天噩耗传。

降半国旗哀九日，纯真情谊重如山。

坦赞铁路技术合作

两年第一期技术合作

通车不算事完成，培训运营上日程。
千位专家临坦赞，两年合作立新功。

八年第二、三、四期技术合作

又经合作八年整，培训三期促运营。
运量盈亏虽有异，友谊之路早扬名。

坦赞铁路运营十周年庆典

（1986 年 8 月 16 日）

　　1986 年 8 月 16 日，坦、赞两国政府在新卡皮里姆波希车站广场隆重举行坦赞铁路运营十周年庆典，由卡翁达总统和坦桑尼亚总统姆维尼亲自主持。由国务委员陈慕华率领的中国政府代表团、南部非洲发展协调会议成员国的部长们以及各国驻赞外交使节等应邀参加。

　　卡翁达在致辞中激动地说："患难知真友，在我们困难的时候，中国帮助了我们！""坦赞铁路已出色地完成了它的政治使命，使非洲前线国家陆续解放。它今后的使命更加繁重，不仅要为南部非洲发展协调会议成员国服务，而且还要为东部和南部非洲优惠贸易区作出贡献。这给予了我们新的希望、骄傲和勇气来面对现在和将来的困难。我们希望它继续改善和加强经营管理，在坦、赞两国经济发展中发挥更大的作用。"

卡翁达、姆维尼、陈慕华相继致辞后，一起走下主席台来到车站广场，由陈慕华为矗立在广场上的一座雕塑揭幕。这是用钢筋水泥塑造的一只硕大无比象征勤劳、智慧、进取的铁锹头。底座上镶嵌着一块大理石，上面用英文刻写着："在赞比亚共和国总统卡翁达和坦桑尼亚联合共和国总统姆维尼在场的情况下，由中华人民共和国国务委员陈慕华女士揭幕，以纪念坦赞铁路运营 10 周年。"

庆典之后，坦、赞两国总统和贵宾们乘坐专列亲身体验，并参观坦赞铁路的线路、车站及附属设施。在列车上，中国政府代表团成员中，布克、李轩、吕学俭这三位自始至终经历坦赞铁路建设全过程的"元老"，共同回顾这条铁路从决策、修建到建成交付运营后的技术合作前后二十一年的历程，感慨万千。吕学俭说，这次出国前他去看望方毅，谈到前来参加这次庆典活动，方毅高兴地对他说：这个庆典活动搞得好。这并不是我们喜欢人家对我们赞誉奉承，为我们歌功颂德。坦赞铁路移交十年了。当时十岁的孩子现在长成二十岁的小伙子了。记忆是短暂的，随着岁月的流逝，无论是坦桑尼亚人民还是赞比亚人民，会逐渐淡化甚至忘记这条铁路是怎么修建的。成长起来的新的一代或许根本就不知道是怎么回事。这次庆典活动的意义就在于使老一辈重温当年中、坦、赞三国人民团结战斗的友谊，使新一代继承和发展由老一辈人结成的这种珍贵友谊。

谈到对坦赞铁路这个项目的评价，他们三人的看法是：这条铁路是在非洲朋友最需要的时候，我们中国用自己最好的技术人员、最好的设计方案、最好的施工方法和最好的设备、物资，并且是以最快的速度把它建成的。尽管坦赞铁路在国际上获得了很高声誉，但是这样一项庞大、复杂的工程不可能不存在这样那样的问题，特别是由于我们对当地地理环境认识上的局限，以及当时科学技术条件的限制，如果用今天的目光重新审视，肯定能找到一些不尽如人意之处。由我国提供给这条铁路的设备和物资，虽然当时在我们国内是最新、最先进的，质量也是最好的，可是与当时国际上同类设备和物资相比，有些还是很落后的。但不能因此指责我们没有履行援外八项原则。因为八项原则要求的是"中国政府提供自己所能生产的、质量最好的设备和物资"。这就需要世人和后人能够客观、历史、公正地看待这些问题。

记铁路运营十周年庆典

一

铁路运营十周年，三国隆重办庆典。
新卡皮里姆波希，车站广场万众欢。

二

坦赞总统均出席，中国派来代表团。
国务委员陈慕华，掌声欢迎响云端。

三

赞方总统卡翁达，激情致辞慷慨言：
患难之中知真友，中国仗义来援建。
政治使命已完成，坦赞铁路真非凡。
非洲前线各国家，陆续解放砸锁链。
今后使命更繁重，优惠贸易待贡献。
坚定前进迎困难，坦赞铁路谱新篇。

四

三方相继致辞后，来到车站广场前。
中国代表陈慕华，揭幕雕塑一铁锹：
铁锹硕大高高立，钢筋水泥意志坚。
象征勤劳和智慧，不断进取永向前。
底座镶嵌大理石，英文铭刻光芒闪：
坦赞总统均见证，东方来使陈慕华。
揭幕雕塑做纪念，庆祝运营十周年。

163

五

庆典仪式刚刚完，宾主齐聚站台前。
总统部长和大使，将登专列去参观。
赞方总统卡翁达，特意驻足火车边。
深情告白陈慕华，最为憾事有一件。
至关重要周总理，援建铁路虑在先。
惜哉未访赞比亚，可叹铁路未亲见。
难忘之事一大串，难以置信也一件。
列车制动专家愁，真空空气互纠缠。
赞方制动抽真空，坦桑制动空气填。
多亏睿智周总理，两用装置解困难。

六

汽笛鸣响离车站，宾主激情眉宇间。
根根电杆频闪过，声声赞美叹非凡。
中国政府代表团，人在专列心九天。
布克李轩吕学俭，三位元老谈正欢。
回顾决策到修建，运营至今感万千。
二十一年风和雨，壮心不已笑开颜。

七

外经局长吕学俭，出国之前方毅见。
方毅部长兴致高，开口便夸搞庆典。
铁路移交满十年，孩童转眼长成年。
记忆短暂易流逝，代代传承不断弦。

庆典活动义当先，老一辈人忆当年。
三国团结共奋斗，后代继承超从前。

八

坦赞铁路怎评价，三人概括有高见。
非洲朋友最需时，派出最好技术员。
最好设计之方案，最好施工之方法。
最好设备和物资，最快速度建设完。
国际声誉连连赞，但今审视存局限。
世人后人更智慧，评价公平历史观。

感　怀

感怀坦赞铁路运营 40 多年

日月穿梭年复年，两国动脉铁龙连。
涓涓客货脉流细，亟待振兴客货源。

叹今日坦赞铁路现状

工程失葺欠雄风，老态龙钟苦运营。
无可奈何亏损大，只缘客货不丰盈。

遥祝坦赞铁路前景美好

铁路根基千里扎，风调雨顺养新芽。
大宗贸易促联运，全线催开友谊花。

1997 年 7 月尼雷尔参加香港回归祖国仪式

自从铁路相识后，多次访华成好友。
香港回归年已高，亲临仪式举佳酒。

1998年特大洪水考验

无边洪水汇汪洋,公路设施全泡汤。
坦赞路基冲不垮,其他铁路遍身伤。

注:1998年非洲发大水,坦桑尼亚洪水
灾害严重,坦桑尼亚政府组织使团坐飞机视
察灾情,中国大使也参加了。坦方人员在飞
机上指给使团人员看,说这么大的水,把公
路和中央铁路基本上都冲垮,坦赞铁路依旧
岿然不动。

乘远洋轮船有感

四赴坦桑八往还,其中两往乘轮船。
航程一路海风伴,日月星辰别样天。

赞四艘远航客轮

四船跨海赴天涯,五万员工海上家。
往返拼搏风浪里,同舟共济耀中华。

注:坦赞铁路建设过程中"耀华"号、"建
华"号、"明华"号和"光华"号四艘远航客轮,
运送5万名援外的铁路员工往返。

回味流逝的岁月

筑路当年奔四方，风光美景印心房。
流年片段今拼起，作赋吟诗忆远洋。

今天对卡车启动的条件反射

马达轰鸣阵阵响，印象最深在坦桑。
今每忽闻车启动，心神立马越重洋。

讴歌坦赞铁路的建设者

十唱坦赞铁路

1. 三国领导人

怀念三国领导人，审时度势下决心。
高山险路岂能阻，万里长空飘彩云。

2. 三国各级领导

层层骨干率层层，思想领先听令行。
修路带头当表率，层层任务早完成。

3. 辛勤航海人

铭记辛勤航海人，越洋跨海抖精神。
乘风破浪运输线，客货双赢千万吨。

4. 踏勘设计人

不忘踏勘设计人，跋山涉水苦追寻。
风餐露宿沐风雨，千里蓝图展匠心。

5. 施工筑路人

赞美施工筑路人，生龙活虎业求真。
遵循图纸齐心干，昼夜铁龙向远伸。

6. 司　机

汽车轱辘转不停，日夜征途难计程。
熟练维修勤保养，安全观念永心中。

7. 医　生

沿途站点五十多，总计医生数百名。
救死扶伤施大爱，护航保驾大工程。

8. 翻　译

翻译不超二百名，穿行双语两头通。
往来英语多文件，斯语交谈叙深情。

9. 民工当地人

盛赞民工当地人，沿途聚拢后援军。
冲锋陷阵能吃苦，技术学习肯用心。

10. 祖国众亲人

感谢祖国各地人，支援坦赞志凌云。
要人要物尽全力，万里之遥好后勤。

为海运大量物资而奔波的翻译

天津上海广州港，援外物资装满仓。
出口货单千百万，中英对照办端详。

坦赞铁路英语、斯语翻译有 150 名以上

出国筑路大工程，翻译远超逾百名。
三种语言放异彩，铁龙工地沐春风。

翻译回国休假俩月

回国休假月重明，领导又催快启程。
国外急需翻译来，施工处处正高峰。

统筹翻译的回国休假日期

译员调遣有规程，一份名单在手中。
休假日期排好序，统筹全线语言通。

最年轻的人是翻译

纵观援外大军中，翻译年龄当最轻。
学校刚刚才毕业，越洋坦赞做新兵。

伉俪翻译

几多伉俪越重洋，同是译员到坦桑。
夫妇相携修铁路，光荣任务共担当。

为坦赞铁路工作一辈子的翻译

大学毕业越重洋，青壮大多在坦桑。
告退之前工作组，经营管理铸辉煌。

因车祸摘除脾脏的翻译

惨遭车祸受冲击，脾脏破裂手术急。
果断摘除保性命，痛失脏器志不移。

坦赞铁路战友的共同感受

五十寒暑东流水，靓女帅男已届秋。
战友为何觉不老，心中坦赞激情留。

赞坦赞铁路翻译联谊会通讯录

几多憧憬梦重逢，辛苦不辞为友朋。
四海遍搜通讯录，灵犀感应似春风。

期待坦赞铁路战友联谊会

诗歌坦赞感情稠，梦里时常逢战友。
电脑喜传联谊函，重逢佳日何时候？

赞坦赞铁路富于文艺素材

一

千载难逢好素材，有歌有舞美节拍。
三国浇灌常青树，叶茂根深花盛开。

二

琳琅满目素材库，早有相声开辟路。
今日采摘情意浓，长歌短曲诗无数。

畅想《坦赞铁路影集》问世

援外时常留影像，珍稀照片手中藏。
最高境界共分享，史册之中永放光。

畅想《坦赞铁路交响乐》问世

交响刚柔气势宏，起伏跌宕意无穷。
工程雄伟音符美，弦管钢琴荡我胸。

畅想《坦赞铁路歌舞剧》问世

筑路风云诗意浓，三国弦管谱新声。
载歌载舞亚非味，友谊花开别样风。

坦赞两国政府和人民的赞誉

坦桑尼亚亲历者口述实录汇编

（改编自《中非关系史上的丰碑》，外交部政策规划司　编）

访谈坦桑尼亚前总统姆卡帕

访谈时间：2013 年 8 月 16 日
访谈地点：坦桑尼亚
口述人：坦桑尼亚前总统姆卡帕

坦桑尼亚革命党党报
《民族主义者报》和《自由报》主编

坦赞铁路建设前，曾在党报任主编。
冷战高峰争锋烈，独立思考建家园。

党报的第一项工作是，在尼雷尔总统访华、周恩来总理访坦后，对日益发展的中坦关系做了详尽报道，让坦桑尼亚人民为迎接这种新关系做好思想准备。

报纸告诉人民：坦桑尼亚是独立的不结盟国家，要根据国家利益自主地做决定，不应以西方的思维方式考虑问题，去维护西方国家的利益。

尼雷尔总统很重视这一点，特别是在修建坦赞铁路问题上。虽然英国、美国等大多数西方国家都承认修建坦赞铁路是可行的，但他们并不准备帮我们修，反而说这条铁路是不经济的。

修建坦赞铁路是坦桑尼亚独立自主做出的决策，目的是帮助赞比亚。更重要的是，我们还要宣传修建坦赞铁路也是为了帮助和推动南部非洲的解放运动，这是坦的责任。

一

坦桑总统访华后，总理及时访坦桑。
党报长文详介绍，两国合作要加强。

二

适时登载大文章，民众舆情做导向。
改变思维眼界开，西方不亮东方亮。

三

坦桑独立不结盟，维护国家自主行。
总统决心修铁路，冲天志向泛非情。

179

撰文宣传坦赞铁路意义

坦修铁路向南疆，帮助赞方通海港。
激励邻邦齐反殖，早得解放凯歌唱。

党报的第二项工作是，宣传修建坦赞铁路的部分费用是由在坦市场出售中国商品所获得的利润来支付的。当时，中国因为外汇很紧张，没有直接承担援建人员和当地专家在援建过程中产生的吃、住、行等当地费用，而是向坦、赞两国无偿援助一些货物，由两国用出售这些货物得来的利润支付这笔开支。

中国外汇库存少，筑路大军达现场。
吃住行车都用钱，捉襟见肘妙方想。

无偿援助小商品，坦赞商家薄利销。
利润所得资筑路，妙方支付各开销。

党报主要是向坦人民解释这一点：当时，坦市场被西方公司和商品垄断，坦民众对来自东方，特别是中国的产品存在一些偏见。比如，那时坦民众习惯用高露洁牌牙膏，对中国产的牙膏就有偏见。我们就宣传，牙膏就是牙膏，管它是中国产的，还是西方产的。中国产的牙膏可能跟高露洁的味道不一样，但同样能洁净牙齿。为建成坦赞铁路这项重要工程，让中国商品进入坦市场，从而负担部分费用是必要的。

党报宣传中国牙膏

西方商品满条街，民众惯于高露洁。
华夏牙膏突进入，坦桑报纸化心结。

不论产地在何方，凡是牙膏都一样。
只是味道稍不同，也能达到洁牙靓。

党报的第三项工作是，宣传坦赞铁路将带动铁路沿线地区的经济发展。这些地区当时都是未开发的处女地，现在仍有一部分地区还非常落后。

撰文宣传开发南部处女地

南方一派野茫茫，煤铁资源地下藏。
农牧前途实可望，唯缺铁路到南疆。

与新华社在驻坦桑尼亚记者合作

中国赫赫新华社，常驻有人在坦桑。
介绍中国联袂写，加深理解架桥梁。

党报解惑答疑

施工队伍渡船来，沿线荒野各摆开。
扎寨安营声势大，引发民众费心猜。

中国人会移民吗

首次见到中国人，住在帐篷简易屋。
以后移民留下住？村民不禁犯嘀咕。

党报宣传解释

坦桑报纸做宣传，深入浅出又客观。
朋友来帮修铁路，村民猜测属无端。

中国工程技术人员获好评

中国朋友好青年，工作认真纪律严。
勘测施工抢进度，养猪种菜是奇观。

养猪种菜种西瓜，民众认为不走啦。

喜见迁移新营地，搬离家当走天涯。

　　"坦赞铁路是利用中国向坦桑尼亚和赞比亚提供的无息贷款建起来的。当时，中国向坦、赞两国提供9.88亿人民币无息贷款用于修建坦赞铁路，并特准两国三十年还清，但迄今坦、赞两国一直没有还款，2011年我国免除其中50%的债务。"（见《中非关系史上的丰碑》220页）

2011 年中国免除 50% 的债务

无息贷款约十亿，规定卅年把账清。

坦赞困难无力付，五成债务免为零。

　　中国政府对坦赞铁路的情况非常了解。三四年前，中国政府提供了 3000 万元人民币的无息贷款用于改造坦赞铁路。这是件好事，但我们不能期望这种事每隔几年就会发生。我们必须通过开发商业项目来改变现状，这才是挑战。如果年轻一代认为自己也会同样得到无息贷款，这是很愚蠢的。时代变了，中国也需要建设自己的国家，推动社会发展。因此我们要更多考虑同中国发展商业合作，必要时可考虑商业贷款。贷款的利息可以很低，但必须要有。我们必须自力更生，包括增加储蓄，在借钱时要有还本付息的意识和准备。（见《中非关系史上的丰碑》221页）

访谈坦桑尼亚前总理
萨利姆·艾哈迈德·萨利姆

访谈时间：2013 年 8 月 15 日
访谈地点：坦桑尼亚
口述人：坦桑尼亚前总理萨利姆

1969 年萨利姆任坦驻华大使

大使驻华仅一年，会谈总理近十番。
研究铁路桩桩事，千里测量征战酣。

1969 年萨利姆任坦常驻联合国大使

一九七零赴纽约，履新常驻联合国。
次年联络多国友，帮助中国奋力搏。

为什么基辛格急迫去中国

美国极力反中国，有个行为世界惑。
如果中国真不行，为何急迫去中国？

1971 年 10 月 25 日联大表决的当天上午

当天上午碰头会，任务到人各负责。
陆续抵达该总部，要求投票动真格。

185

第一次投票：
表决席位之争不是主要问题

问题重要若通过，票要三分之二多。
席位之争非重要，简单多数就得过。

第二次投票：
表决恢复中华人民共和国的合法席位

一、突发事件

美国代表讲台前，动议全删驱蒋段。
联大守则裁定明，布什知错话吞咽。

二、继续投票

提案原文付表决，第三世界齐活跃。
简单多数铁定超，沸腾声如交响乐。

注：投票结果以压倒多数通过。

萨利姆带头欢庆胜利

二十九岁正年轻，活性十足易动情。
欢乐之极似跳舞，永恒一幕史留名。

最重要的是坚持和平共处五项原则

政治经济社会变，中非旧貌换新颜。
和平共处原则好，至要理应共继先。

危险的大问题

中非亿万后来人，存在传承大问题。
种族隔离黑暗史，年轻一代却无知。

如果没有坦赞铁路

如若不修坦赞路，外人统治依如故。
非洲南部见晴天，唯靠中国大力助。

远　见

非凡远见何人有，唯有坦桑尼总统。
遍寻知音只中国，同壕战友互相懂。

访谈坦桑尼亚著名企业家哈吉

访谈时间：2013 年 8 月 14 日
访谈地点：坦桑尼亚
口述人：坦桑尼亚著名企业家哈吉

寄语中国年轻人

年轻一代中国人，铁路缘由要看真。
了解当时何背景，方知意义有多深。

主席决定非常正确

主席决定真正确，抓住时机不放松。
进入非洲交朋友，后来回报实无穷。

现在每个非洲国家都欢迎中国人

中国到处受欢迎，都把中国当弟兄。
要建工程找老友，当年种子正萌生。

中国工人在艰苦条件下工作

茫茫荒野百人营，四个员工一帐篷。
沿线测量山水险，风餐露宿赶前程。

坦桑尼亚人民

善良本性好风俗，荒野困难肯帮扶。
若是手里有块肉，生人也有浅尝福。

帮中国工人买了 1.6 万块手表

一

瑞士名牌欧米茄，员工多数倾情它。
各方商讨齐出力，问题解决心放花。

二

一万六千欧米茄，表盘一统人人夸。
谁知千块应换样，磨破嘴皮劝厂家。

帮中国工人买收音机

员工喜爱收音机，万里之遥听信息。
达市有家日本厂，协商采购批发齐。

访谈原坦赞铁路局工作人员 10 人

访谈时间：2013 年 8 月 14 日
访谈地点：坦桑尼亚
口述人：原坦赞铁路局工作人员 10 人

罗伯特·莫纳

(Robert Mona，原坦赞铁路局首席机械工程师)

1970 年坦赞铁路开工建设

坦赞两国总动员，工人大量上沿线。
部分选派到中国，受训学习做体验。

注：选派 200 人到中国接受培训。

约瑟夫·南加尔

(Joseph Nangale，原坦赞铁路局首席机械工程师)

一

路局工作三十年，难忘当初培训团。
全体成员二百整，北方交大始开班。

二

在华培训三年半，耗费一年汉语关。
通过考试学驾驶，回国跑遍好江山。

三

后来三赴大中华，培训之余学位钻。
现在路局有困难，齐心协力换新颜。

阿贝德·贾哈
(Abeid Jaha，达累斯萨拉姆机车车辆厂电工)

一

离校直接修铁路，中国朋友多帮助。
技能培训我参加，职业生涯才起步。

二

七十年代路局进，车辆厂中小年轻。
专业电工钻技术，精心保养东方红。

三

铁路建成城镇兴，星星点点一条龙。
当年小镇姆林巴，现有如雷贯耳名。

四

沿线农民兴致浓，运输货物变轻松。
水泥机械寻常物，搭乘火车千里行。

五

许多旅客跨国行，选乘火车赶路程。
达市直奔赞比亚，风光美妙伴歌声。

六

友好邻邦刚果（金），往来运货路捷通。
多国联手促发展，坦赞铁路立大功。

阿莱克斯·班吉

(Alex Bange，原坦赞铁路局客车车长)

当年车站姆皮卡，群众欢迎卡翁达。
总统细观铺铁轨，动人场面灿如花。

拉斐尔·基翰加

(Raphael Kihanga，原坦赞铁路局司机)

自由铁路美名扬，打破殖民自主张。
我又称它解放路，非洲南部得解放。

萨尔瓦多里·南姆皮

(Salvatory Nombo，原坦赞铁路局电务段总工程师)

一九七二上铁路，赴华两次学技术。
专家培训课程新，坦赞工人升职务。

艾米力欧·穆塞杰尔瓦

(Emilyo Msegelwa，达累斯萨拉姆机车车辆厂漆工)

喷枪在手油漆喷，团队精神印象深。
上午班前开个会，全天任务在人心。

马休·布瓦纳辛迪

(Mathew Bwanahindi，达累斯萨拉姆机车车辆厂焊工)

一

有朋来自安哥拉，来到铁路做考察。
看到运营质量好，对华贸易信心加。

二

铁路三国共建成，中非合作一象征。
运营出现有弱点，不惜代价要重生。

约瑟夫·马普恩达

(Joseph Mapunda，原坦赞铁路局房建队队员)

一

一九七一刚工作，开始不知怎干活。
培训技能得进步，真心感谢赞中国。

二

专家培训倾全力，直到学员明道理。
师傅认真把手教，你能掌握他欣喜。

三

师傅努力干工作，欣赏徒弟卖力气。
如果师徒合作久，你同师傅齐努力。

保罗·卡比亚齐

(Paul Kabyazi，原坦赞铁路局路工)

一

我修铁路三十年，技校学习不简单。
筑路架桥车务段，方方面面很周全。

二

坦桑南部住山洞，恶劣地形山水横。
机械不如今日好，中国工人有牺牲。

三

有的安葬在沿线，多数长眠烈士茔。
我请大家都起立，默哀悼念一分钟。

四

当初筑路正年轻，充满激情气自雄。
伙伴人人都牢记，为国流汗最光荣。

赞比亚亲历者口述实录汇编

访谈赞比亚前总统卡翁达

访谈时间：2013 年 8 月 20 日
访谈地点：赞比亚
口述人：赞比亚前总统卡翁达

一

开国总统卡翁达，年逾九旬养在家。
回忆当年坦赞路，万千豪气感言发。

二

外交前线在联大，坦赞带头队伍拉。
铿锵发言宣正义，团结多数护中华。

三

中华人民共和国，代表中国合理法。
驱逐台湾席位腾，北京复位回联大。

四

难忘当年访北京，主席谈话记得清。
国家独立有先后，先后相帮道义情。

五

访华款待记一生，人口大国基业兴。
敬佩主席和总理，人民利益在心中。

195

六

现在我觉很自豪，中非友谊堪夸耀。
两国总统共决心，最早邀华相结交。

七

中国援助在非洲，坦赞铁路数第一。
我访多国曾看到，桩桩好事万人迷。

八

当初建设赞比亚，努力工作为大家。
争取消除社会病，尤其反抗殖民压。

九

当初独立困难大，遭到包围受挤压。
唯有坦桑公路运，否则空运走天涯。

十

汽油进口靠空运，铜锭输出航线搭。
成本太高难忍受，坚持独立抗高压。

十一

面临困境赞比亚，需要铁路海口达。
两位总统同认定，应该路连两国家。

十二

我们开始求西方，都给一个"不！"字答。
遂向北京碰运气，知音相遇绽心花。

十三

中国愿意帮助修，但要我们回转头。
再问西方如再拒，中国那就帮助修。

十四

两国跑去问西方，再次回答还是"不！"
重又回头找北京，中国说"好，我们修。"

十五

我们从此有希望，贷款充足铁路上。
只有两三工程师，中国派遣大批量。

十六

路局要事一桩桩，处处中国帮大忙。
坦赞虽然同做事，中国才是真担当。

十七

对于内陆赞比亚，铁路功劳实重大。
别有洞天保安全，增强独立传佳话。

十八

年轻一代要传承，筑路精神闪闪明。
援建无私为道义，双方互助万年情。

十九

中国援助建国家，内联外通出彩霞。
道路频添赞比亚，繁荣经济喜天涯。

二十

中国继续帮非洲，会给中国回报厚。
我指绝非是那钱，而说皆做好朋友。

二十一

小国一个赞比亚，只是非洲一部分。
我望中非皆努力，中非友好一家亲。

二十二

我们行动紧跟上，千里访谈忆铁道。
乐见年轻采访人，你们让我感骄傲。

二十三

满怀希望看未来，友谊之花更盛开。
稳定多赢成长快，共同担水共同栽。

访谈赞比亚前外交部长姆旺加

访谈时间：2013 年 8 月 19 日
访谈地点：赞比亚
口述人：赞比亚前外交部长姆旺加

一

一九六五降灾祸，南部路径遭阻隔。
坦赞两国商定好，要修铁路连船舶。

二

产铜吨位七十万，出口运输难上难。
进口汽油空运贵，每家限购奈何堪。

三

每家限购四加仑，仅够开车上下班。
无奈邻居出对策，拼车现象一时鲜。

四

先求英美等西方，答复认为不可行。
经济上头不可取，要修铁路那不成。

五

组团派到莫斯科，我任使节接待过。
但是苏联婉拒说，自家急件有一摞。

六

我们料到这结果，因此目光转北京。
遭到列国相拒后，两国决定并肩行。

七

两国总统写函件，寄往北京总理收。
希望三国相讨论，为修铁路早筹谋。

八

三国代表北京聚，请示传回大本营。
我是秘书帮处理，及时答复不能停。

九

当年电话电传机，最大困难相互通。
预定提前一两日，紧急通讯苦重重。

十

中国使馆电台灵，日夜电波通北京。
中赞两国关系好，偶然相助信息通。

十一

鼓励赞方代表团，多经使馆利沟通。
那时没有互联网，节省时间是首宗。

十二

两国轨距不相同，新路如何决策行。
棘手问题争论大，最终宽轨走全程。

十三

施工阶段聘员工，百姓纷纷来报名。
中赞工人相挽手，互帮互助弟兄情。

十四

铁路建成顺利通，南非视作眼中钉。

飞机两次炸桥线，借口发现恐怖营。

十五

桥边营地草青青，也受南罗几炸轰。

英勇斗争一代代，自由战士练新兵。

十六

沿途铁路正施工，我访西方到美英。

记者抛出多少问，第一总是涉工程。

十七

当时冷战正高峰，阵线分明选友朋。

筑路同心中坦赞，外人干涉理不容。

十八

一九七四赞比亚，十年国庆好心情。

通车仪式象征办，铁路隆隆试运营。

十九

三国倍感堪骄傲，想起西方讥笑梦。

现在梦想已变真，运行一段服观众。

二十

学生一代史朦胧，只晓三国项目成。

背景为何修铁路，所经辛苦概不明。

二十一

学生教育要加强，历史信息需扩张。
娓娓道来说背景，不单历数土石方。

二十二

两国代表相携手，密切配合前面冲。
席位表决得胜利，掌声四起引欢腾。

二十三

后来每次访华时，到处表达谢我情。
我挺中国缘正义，中非友好互心通。

赞比亚访谈片段

姆库希县个别白人农场主捣乱

白人农场阻拦多，小路横车不让过。
昨日木桩无翼飞，放出狂犬咬勘测。

赞比亚交通部长出面解决问题

交通部长来调处，迅速约见农场主。
连续几天做恳谈，终归勘测未耽误。

白人农场主刮目相看

勘测队员实友善，雇工和睦同心干。
秋毫无犯护田苗，农场白人刮目看。

乡　民

乡民初见中国人，远远闪开避目光。
几日偶然重见面，会说你好笑开腔。

203

乡民提供帮助

偶然勘测遇情况，常有乡民出手帮。
迷路之时当向导，汽车轮陷战泥塘。

促进南部非洲得解放

一

中国筑路在非洲，坦赞两国解大忧。
促进南非得解放，殖民统治最终休。

二

铁路隆隆坦赞行，邻国迭起自由风。
黑奴猛醒闹革命，赶走外人天放晴。

"一带一路"展新图

2013 年 3 月，习近平主席出访坦桑尼亚

一

世界国家那么多，最先访问哪一国？
坦桑尼亚被挑中，铁路情结是一说。

二

坦桑访问时间短，满满算来一整天。
影响确然格外大，两国融洽友谊添。

三

当地人民齐鼓舞，热烈欢迎习主席。
总统亲临舷梯旁，两番迎送话情谊。

四

两国元首会谈中，传统友谊当继承。
更愿双边齐努力，真诚合作树常青。

五

两国元首共凭吊，援坦专家公墓人。

悼念殉职各烈士，弘扬铁路好精神。

六

艰苦工程难描述，惊天动地泣鬼神。

付出血汗献生命，铁路价值耀古今。

七

重大代价已付出，取得政治大胜利。

坦赞人民亲体验，三国友谊感情真。

八

两国政府和人民，许多非洲国与民。

信任好评给中国，交口称赞掏真心。

赞"一带一路"倡议

丝绸古道喜逢春，带路上空添彩云。

元首会谈规划远，草根项目设施新。

互联互补巧谋略，共享共赢妙韵吟。

畅想未来人共醉，共同命运聚人心。

地球村

小小寰球一乡村，大小国家相互邻。
制度社情成百态，共同命运聚人心。

愿坦赞在"一带一路"上共同繁荣发展

丝绸古道美名扬，陆路海途比翼长。
新版宏图今倡议，愿期坦赞更辉煌。

喜闻振兴坦赞铁路愿景

三国携手修铁路，当空日月照征途。
五十余载已弹指，喜看今朝志复苏。

遐想联翩旅游经

铁龙千里两国通，客货不多运量轻。
如欲振兴龙血脉，遐想联翩旅游经。

坦赞景点众多

两国景点似星罗，度假观光安乐窝。
狂野莽原观动物，人文陈迹亦繁多。

中国游客五洲游

中国游客五洲游，坦赞风光不可丢。
广袤原野观动物，友谊之路在心头。

中国汹涌旅游潮

中国汹涌旅游潮，坦赞风光亦可娇。
动物草原大瀑布，友谊之路等您瞧。

乘车游坦赞铁路

全程铁路一千八，一路风光绽百花。
首尾贯通沿线看，观花车上目无暇。

非洲风情

1. 刀耕火种

刀耕火种先烧荒，一片炭黑盖土黄。
节气已临播撒季，发芽自有雨帮忙。

2. 雨季

风调雨顺沐朝阳，种子萌芽子叶长。
有幸天天来阵雨，丰收粮菜果飘香。

3. 非洲乌木工艺品

非洲乌木美名扬，古朴造型创意强。
笑口传情眉眼秀，柱形木刻显高昂。

4. 姑娘的西瓜纹路发型

青丝卷曲似弹簧，细辫条条巧扮妆。
好比瓜皮头上扣，花纹流畅自成行。

5. 姑娘的天线发型

满头卷曲发丝长，分片编成天线扬。
线线朝天直耸立，青春靓丽电磁强。

6. "你好！""Jumbo！"飞满天

中国故事口相传，友好招呼飞满天。
"你好"一词人尽会，"Jumbo"一语做答言。

游坦桑尼亚

1. 美丽的坦桑尼亚

草原繁衍野生灵，赤道云飘耸雪峰。
游客如织观美景，自由火炬照当空。

2. 飞越乞力马扎罗山峰

蓝天万里越云行，鸟瞰非洲地貌清。
乞力马扎罗雪景，一朝飞越胜攀登。

3. 坦桑尼亚独立纪念碑

鲜红火炬向天扬，矗立市区吸目光。
游客纷纷来照相，自由光谱照八方。

游桑给巴尔岛

1. 摆渡桑给巴尔岛

登船前往桑给岛，一个时辰渡海潮。
船票单程交美币，往来胜地甚逍遥。

2. 桑给巴尔岛丁香之岛

丁香之岛美名扬，百万植株争吐芳。
世界比香居榜首，游人最爱品瓶装。

3. 桑给巴尔岛贩奴场

条条石凳贩奴场，枷锁重重渡远洋。
南北美洲遥万里，难捱活到海一方。

4. 桑给巴尔岛海豚湾

小船疾驶海豚湾，忽见群豚浪里翻。
忙按快门抓刹那，扑通小伙水花间。

5. 龟岛

帆船驶过浪淘沙，岛上花园龟有家。
大小神龟迎远客，磨盘身段举足爬。

6. 银沙滩

白沙细软浪冲刷，支起帐篷胜似家。
烧烤海鲜吃水果，海中戏水水开花。

7. 观日落

帆船缓缓海中飘，水果点心任你挑，
听唱民谣观日落，翩翩起舞伴逍遥。

游赞比亚

1. 美丽的赞比亚

奔腾瀑布架长虹，铜矿之国绝代雄。
独立旌旗飘大地，家园处处踏歌中。

2. 由卡皮里姆波希换乘火车
到维多利亚大瀑布

著名瀑布地偏狭，搭乘火车可到达。
飘逸银帘直落下，斑斓水彩永飞花。

3. 赞比亚维多利亚大瀑布

鬼斧神工瀑布横，雷霆滚滚雾千重。
银河万缕珍珠泻，灿烂水帘演彩虹。

215

尾 声

1．坦赞铁路竹枝词寄诗坛

诗词歌赋几千年，卷帙篇篇情点燃。
当代三国修铁路，竹枝联唱寄诗坛。

2．赞美"竹枝词"体

七言四句量无穷，平仄铿锵书页中。
次第说明一件事，甘泉溪水响叮咚。

3．意犹未尽

激情平仄几冲天，诗句三千意未完。
铁路工程分系列，歌声串串荡心间。

4．笑问读者

读毕诗集最末行，可曾振奋与激昂？
犹如街上回头率，您想重温是哪章？